# 大河な日日

三谷幸喜のありふれた生活 3

三谷幸喜

朝日新聞社

# 三谷幸喜のありふれた生活3　大河な日日・目次

○この物語の主人公

**名前**　三谷幸喜
**職業**　脚本家
**生年月日**　1961年7月8日(土曜日)
**年齢**　43歳
**血液型**　A
**身長**　174センチ
**体重**　67キロ
**靴のサイズ**　26・5センチ
**家族構成**　妻、犬（とび）、猫（おとっつぁん、オシマンベ、ホイ）
**趣味**　なし
**友人**　なし
**尊敬する人**　ビリー・ワイルダー　みなもと太郎
**憧れの女性**　平野レミ
**性格**　個人主義だが人恋しく、一人にして欲しいけど無視はされたくない。引っ込み思案なくせに人前に出たがり、神経質なわりには大雑把。大らかなようでせっかち。こだわっているようで無頓着。アグレッシブ&センシティブ。といった様々な矛盾を抱えて生きている。
**座右の銘**　完全な人間はいない。

# 三谷幸喜のありふれた生活3　大河な日日

# 「リアル・ポコちゃん」顔に

去年（二〇〇二年）の暮れ、本厄を締めくくるにふさわしい出来事があった。

治療の途中で放ったらかしにしていた虫歯が、突然痛み出した。ドラマ（「ＨＲ」）の収録と執筆に追われ、とても病院に行く暇がなく、市販の鎮痛剤を飲んで我慢。いつもはそれでなんとか治ってしまうが（本当は治ってはいないんだけど）、今回はいつまで経っても、痛みが引かない。仕事も手につかなくなった。夕食の時、妻に言われた。「何か口に含んでる？」。触ってみると、確かに頰のあたりが腫れている。「往年の宍戸錠ね」と妻は笑った。

夜中になっても痛み続けた。鏡を見ると、右側だけ三倍ほど膨らんでいる。とても自分の顔とは思えない変貌ぶりに、しばし驚愕する。寝ていた妻を起こして、「こんな顔になったよ」と見せてあげると、妻は眠い目をこすり、遠慮がちに大笑いした。痛みさえなければ僕ですら、鏡の中の自分に笑ったことだろう。

「宍戸錠」はさらに進化を遂げ、「片面・斎藤茂太」になっていた（斎藤先生、ごめんなさい）。

記念に妻と写真を撮った。デジカメでいろんな角度から何枚も撮った。怒った方が表情が出て面白いわよ、と妻にアドバイスを受け、むかついた表情、激怒バージョン、苦味走った奴とか、いろいろ撮ってエンジョイした。

次の日は日曜日。いつも通っている歯医者さんは休みだ。とても月曜まで我慢出来る状態ではない。日曜の九時からやっている近場の病院を妻が電話帳で見つけてくれて、早速行ってみた。

九時と書いてあったのに、実際は十時からで、隣の喫茶店で時間を潰した。マスクをしていったのだが、普段、そんなものをして出歩かないので、つい、その上からコーヒーを飲んでしまい、マスクびしょびしょ&口のまわりヒリヒリ状態となった。

診察の結果は——、疲れがたまっていたせいで、菌がおかしなところに入り込み、そのため顔がパンパンに腫れあがってしまったらしい。

抗生物質と鎮痛剤を貰った。

なんとか痛みは和らいだので、執筆に戻る。しかし腫れだけはなかなか引かず、しょうがないので、月曜のドラマのリハーサルにもその顔で行った。一応マスクはしていったが、顔見知りの俳優さんに会うと、自慢がてら見せたくなった。戸田恵子さんの前でマスクをはずし、廊下の角から膨らんだ側だけぬっと出したら、「リアル・ポコちゃんだわ」と手を叩いて喜んでくれた。不二家のお店の前で首を振っている、あのポコちゃんである。

篠原涼子さんも酒井美紀さんも、僕を見て、とても同情してくれたが、ちょっと楽しそうだった。かわいいとまで言われた。少しだけ嬉しかった。

雑誌の取材がいくつかあったけど、写真撮影だけは勘弁して貰った。家族のアルバムには飾っても、世間に公表するのはどうか。それくらいの顔であった。

まさに踏んだり蹴ったりの年の瀬でございました。そんなこんなで今年もよろしく。

# 香取慎吾との即興劇の行方

年末の「HR」は総集編だったが、これまでの映像を見せるだけでは面白くないので、最後におまけを付けることにした。僕が香取慎吾さん演じる轟先生の兄として登場。大筋だけ決めて二人で十分ほどの寸劇を即興で演じたのだ。

「HR」はいつも台本に忠実に進行する。「笑い」としては、かなり作りこまれた形だ。だからこそ、たまには思いっきり自由に遊んでみたいという香取さんの一言からこの企画は始まった。

芝居用語では即興劇のことをエチュードという。劇団時代、稽古に煮詰まった時はよくやったものだ。役の理解を深めるために、例えばこの登場人物は家族といる時、どんな会話を交わしているのか、皆で演じてみるのだ。僕もよく参加した。これが案外うまくいった。人前で話すのは苦手だが、役柄を決めてしまえば、言葉が次々に出て来る。普段机の前で台本を書いているのと同じ感覚で、面白そうな台詞を思いつき、会話に織り込んでいく。喋りながら頭の中で構成を立て、話の流れをリードする。エチュードに必要なのは、演技力よりも集中力だ。だからこそ僕に

も出来たのかもしれない。

十年ぶりにやったエチュード。正直言うと結構緊張した。そもそもお客さんの前でやるなんて初めて。話を進行させつつ、観客も笑わせなくてはならない。演じていて何度かパニック状態に陥り、頭が真っ白になった。

完成度は自分では分からない（そして何をやってもそうなのだが、終わった後は激しい自己嫌悪に襲われた）。ただ香取さんとの共演は、とても楽しく、スリリングだった。

ストーリーはあってないようなものだが、後半、轟先生の本当の父親は誰かという話になる。これは前もって決めていた流れだ。僕が演じる兄は、弟の実の父親の名前を知っているという設定。僕はそれをクイズ形式で出題した。これはその場で思いついた。こういうのって、前もってネタを用意しておくと、そこだけ浮いて面白くないのである。

僕は実の父の名前を「三択」で出した。「1、魚屋の源さん」と言った後、「2……」で間を取った。その時頭に浮かんだのは、ある光景。以前妻にオリジナルの三択クイズを出し、一番目に正解を言った後で、二番目の選択肢をその場で考えていたら、「考えている時点でそれは違うわね」と見抜かれてしまった時のことだ。これは何かに使えると、その時思ったが、まさかここで役立つとは。だが香取さんとは事前に何の打ち合わせもしていない。妻のようにすかさず突っ込んでくれる確証はどこにもなかった。

僕は彼に賭けた。彼なら、きっとこっちの意図を瞬時に理解してくれるに違いない。そう信じて、僕は「2」で間を取った。すると香取さんは言った。「兄さん、考えている時点で、その答えは違うってことじゃないか!」。絶妙のタイミング。客席は案の定、笑いの渦となった。エチュードに必要なのは集中力。そして観察力なのだ(そして頭の回転の速さ)。

これって自画自賛ではありません。凄いのは僕じゃなくて、あくまでも香取慎吾。やはり彼は只者ではない。

## 「出たがり」ではありません

年末年始にかけて、テレビ番組の出演が続いたせいか、このところ人によく「出たがりですね」と言われる。ここで声を大にして言っておきたい。僕は決して「出たがり」ではありません。ましてや「目立ちたがり屋」だなんて。

普段の僕はむしろ「目立ちたくながり屋（?・）」だ。注目を集めるのが嫌いなので、人の集まる所では出来るだけ静かにしているし、仕事の時以外は、自分から喋るということはまずない。テレビや芝居の現場では、さすがに意見を言ったりはするが、大声を上げることもないし、ジョークを連発して場を和ませることもしない。どちらかと言えば、地味なタイプの演出家だ。とにかく脚光を浴びるのが恥ずかしい。そんな僕が、なぜタレントでもないのにテレビに出たり、時には役者でもないのに舞台に立つのか。

たまたまラジオを聴いていたら、野坂昭如さんがこんなことをおっしゃっていた。「俺は死んでも目立ちたい。俺の墓に俺の幽霊が出るという噂が立ち、そこが心霊スポットとなって、テレビにもどんどん取り上げられる。それが理想だ」
まさに壮絶な「目立ちたがり」人生。死してもなお、作品の評価とは違うところで（ここが大事）、人の注目を浴びたいと願う野坂さんの生き方は、実に素晴らしいと思う。「出たがり」の元祖ともいうべき方ならではの、含蓄のあるお言葉だった。けれども僕の思いはそれとはちょっと違う。

僕は自分が演出する作品に関しては、キャスティングもする。俳優さんの顔を想像しながら、この人に何をさせたら面白いか考える。それはとても楽しい作業だし、うまくはまった時は、幸せな気分になれる。そして僕はそれが結構得意なほうだ。俳優さんの持っている、本人も気づいていない「資質」を見つける。長年の劇団生活で培われた勘のようなものか。

その勘は自分自身にも働く。こいつに何をさせたら面白くて、何をさせたらつまらないか。これならいけると思った場合だけ、僕は人前に立つわけです。「これならいける」とは、「これならお客さん（視聴者）は楽しんでくれる」ということ。僕が人前に立つ時は、それを観た人が面白いと思ってくれそうなものに限るのだ（はずすこともあるけれど、それはご容赦）。僕が出ることで、そこに笑いが生まれなければ、出る意味がない。さらに言えば、人が面白がってくれるなら、ホンを書くのも、自分が出るのも僕には一緒。より大勢の人を確実に楽しませる事が出来るから、僕は普段、ホンを書き演出に徹しているわけだ。

だから、いくらマーティン・スコセッシ監督に誘われても、「ギャング・オブ・ニューヨーク」のようなシリアスな映画に出演する気はさらさらない。目立つことなら何でもやりたいわけではないのです。皆が笑ってくれないなら幽霊にはなりたくないのだ。

僕は決して「出たがり」ではないのです。あえて言うなら「面白がってもらいたがり」でしょうか。この差は大きい。

# 妻と出かけたパーティーで

先日、宮本信子さんを囲む会がホテルオークラであり、久しぶりに夫婦揃って出かけた。宮本さんには昔からお世話になっており、僕の舞台や映画にも出て頂いた。以前は家も近かったので、お宅に何度かお邪魔したこともある。

もともと人が大勢いる場所は苦手な夫婦なので、こういう所に二人で顔を出すことはめったにない。とは言っても、意外と内向的な妻は本当に嫌いみたいだが、僕の方は実はそれほどでもない。むしろ、パーティーは好きなほうだ。自分が話題の中心になるのは困るが（いたたまれずに逃げ出したくなる）、人の輪から離れて、列席の皆さんの様子を観察したり、会話を盗み聞きしたりしている分には、結構これが楽しい。芸能関係の集まりだと、誰か有名人が来ていないか、探したりして。

車を駐車場に入れるのに手間取り、やや遅れて会場に到着すると、既に人で溢れていた。壇上では宮本さんのスピーチが始まっていた。

人が沢山いるところに出ると、昔からどういうわけか気持ちが高ぶる。精神が高揚していくのが自分でも分かる。一カ所にじっとしていられず、誰か知り合いが来ていないか探し回る。食べる気もないのに、セルフサービスの料理をチェックする。妻は唖然としていた。必然性を感じさせない僕の動きを見て、妻は唖然としていた。パーティー会場を落ちつきなくうろつく夫の姿は、夫婦でこういう場所に来ない妻にとっては、新鮮かつ衝撃だったようだ。

「じっとしてて。お願いだから」

妻はひきつった表情で僕の洋服の裾を引っ張った。「四十過ぎてるんだから、もっとどっしり構えていて」

分かってはいるのだが、こればかりはどうにもならない。社交的な性格ではないので、見ず知らずの人と世間話に花を咲かせたりは出来ない。ただ一人であちこち動き回る。知った顔を見つけたところで、話しかけるわけでもない。むしろ見つからないよう、相手の視界に入らない努力をする。それが余計、妻の目には挙動不審に映るようだ。

ふと気づくと妻がいない。慌てて探すと、会場の柱の陰で、不機嫌になっている彼女を発見した。あまりに僕が浮わついていて、しかもその浮わつきぶりが、異常に周囲の目を引いているのが、たまらなく恥ずかしかったらしい。心から反省したわけではなかったが、ひとまず妻に謝った。宮本さんにご挨拶だけして、早めに帰ろうということになった。

ところが、宮本さんの周囲には人垣が幾重にも出来ている。なんとか気づいてもらおうと、僕は宮本さんの視線の先を何度も通り過ぎた。たまに手を振ってみたりした。だが、周囲の人には気づかれても、肝心の宮本さんがなかなかこっちを見てくれない。完全に呆れ果てた妻は隣でうつむいていた。

ようやく宮本さんは僕らに気がついてくれた。順番待ちをしている人が沢山いるので、簡単にご挨拶して、僕らは会場を後にした。

パーティー会場での夫の習性を、初めて目の当たりにした妻。それ以来僕を見る目が違うような気がする。というわけで僕ら夫婦の姿を、ああいった場所で見かけることは、これからしばらくはないと思う。

# 近い所が見えにくくなって

最初に気がついたのは、今度の舞台「オケピ！」のチラシ用スチール写真を撮っている時だ。撮影の前に、仕上がりを確かめるためのポラロイド写真を、カメラマンさんに見せてもらった。自分の顔がボケていてよく分からない。最初はピントが合っていないのかと思ったが、プロがそんな写真を見せるはずがない。目から少し離してみて、ようやくはっきりと見えた。その時、僕は悟った。恐れていた瞬間がやって来たのだ。「老眼」。近眼の人はなりにくいと聞いていたが、僕の場合、近視よりも乱視がひどかったので、老眼になるのも早かったようだ。

その日以来、日に日に視力が弱まっていった。暗示に掛かりやすい性格なので、「老眼」と意識した瞬間から、急激に目の老化が進行し始めた。パソコンの画面が明らかに見づらくなった。自分で打った台本の文字がぼやけるようになるまで、そう時間は掛からなかった。

眼鏡屋さんで検眼して、新しい眼鏡を作ってもらうことにした。「老眼」という言葉に抵抗を感じていたら、今は「手元用眼鏡」と言うらしい。その言い換えがまた、いやらしいというか、悪あがきというか。ただ、それでも「老眼」よりはいい。「老人」「老骨」「老脚本家」。「老」とつく言葉は出来れば避けたいものだ。「老衰」は天寿を全うする感じで憧れるけど。将来、「老害」などと言われた日にゃ、立ち直れない。

遠近両用を作る手もあったが、あの下半分が虫眼鏡みたいになっている奴は、さすがに気が引けた。

もちろん今は眼鏡も進化して、境目のない遠近両用もあるのだが、たとえ、見た目に境がなくても、心の境は存在するわけで、遠近両用を掛けているという事実は動かしがたく、あれを掛けていたら、自分がどんどん老人化していくような気がした。眼鏡屋さんと相談して、「手元」専用を作ることにした。面倒といえば面倒。パソコンに向かう時は、普段掛けている眼鏡を一旦はずし、「老眼」いや「手元用」を掛けなければならない。そして仕事が終わるとまた普段の眼鏡に戻す。

普段眼鏡を掛けていない人が、本を読む時にお洒落なグラスを掛けるのは、結構格好いい。年配の俳優さんで、読み合わせの時だけ掛ける人は多い。しかし、二つの眼鏡を掛けたりはずしたりしている姿は、ただ、せわしないだけだ。とはいえ、こっそり掛け替えるのは、見つかった時にもっと恥ずかしいので、黒ブチのロイド眼鏡という、普段の眼鏡とは全く違う形のものを、あえて選んだ。

ここ一年で白髪も増えた。妙に鼻がむずがゆいので、鏡を見たら、白い鼻毛が申しわけなさそうに顔を出していた。「老い」はもうそこまで来ていた。「異端児」という言葉に憧れ、テレビの世界でも演劇の世界でもそう呼ばれたいと願った、あの頃。たまに自分のことを書いた記事に「異端児」の三文字を見つけて悦に入っていた。しかし白髪交じりで老眼のくせしてなにが「異端児」か。これからは「異端爺」と呼ばれるよう、努力したいと思います。

# ミニ戦国武将、我が家に集結

我が家には、至る所にフィギュアが並んでいる。階段の踊り場には戦国武将たちが、リビングの棚には、クリストファー・リー扮する、００７の強敵スカラマンガと、死神博士に扮した天本英世さんが仲良く立っている。その隣には、ビクトリア女王となぜか丹下段平も。趣味と言えるほど思い入れがあるわけではないが、我が家のフィギュアの数は、子供のいない家庭としては多い方だろう。

小学生の頃から、人形を集めるのが好きだった。暇さえあれば彼らで遊んでいた。いわゆる一人遊び。戦車やお城のプラモデルには興味なく、ひたすら兵隊のキットを集めた。タミヤの35分の1ミリタリーミニチュアシリーズ。戦争自体には興味もなかったが、簡単に手に入る人形といえば、当時はそれしかなかった。一時は百体近く揃った。一人一人にキャラクターを与え、自分で考えたストーリーを彼らに演じさせた。テレビで気に入った映画を観ると、人形を使って床の上で再現したりもした。

そんな少年時代を送ってきたものだから、今でもミニチュアの人形には妙に愛着を感じる。最近はフィギュアという便利な言葉も生まれて、大人としての気恥ずかしさも少し解消された。

スカラマンガと女王は、ロンドンのおもちゃ屋さんで見つけた。他にヘンリー八世やシェークスピア先生もいる。死神博士や丹下段平は、近所のガチャガチャで手に入れた。

そして戦国武将シリーズ。これはフィギュアの会社から毎週送られてくる。妻が僕の誕生日に、申し込んでくれた。このシリーズ、ちょっと人選が変わっていて、第一線級の武将よりも、藤堂高虎や直江兼続《かねつぐ》といった歴史通の心をくすぐる人たちが数多くフィギュア化されている。

まさか十五代将軍足利義昭を手のひらに乗せる日が来るとは。

ある時、それまで定期的に送られてきていた戦国武将が、突然来なくなった。製造中止になったのかと思っていた。妻とたまたまその話になり、最近送られて来ないんだよ、とこぼすと妻は言った。「あれは悪いけど解約させて貰ったよ」「どうしてそんな勝手なことを」「だってこれ以上武将に増えられても困るから」

確かにこの企画、予想以上に人気があったのか、武将の数が当初の予定より大幅に増えている。三十人を過ぎてもまだ終わりそうにない。最初のリストになかった武将たちまでもが、続々我が家に集結し始めている。僕は嬉しいが、歴史とフィギュアに何の愛着もない妻にとっては、家中が武将に埋め尽くされる光景は恐怖以外のなにものでもなかったようだ。

しかし、こういったシリーズ物のフィギュアは全作品揃わなければ意味がない。それがマニア魂というもの。自分がこのシリーズをどれだけ毎週心待ちにしていたか、僕は切々と語った。妻はしぶしぶ契約を再開することを認めてくれた。こうして来週はいよいよ遂に御大豊臣秀吉が我が家に到着することになっている。しかしこれって、いつまで続くのか。戦国武将の数が百や二百では済まないことを、妻はまだ知らないでいる。

# 笑いを呼ぶ「号泣」さん

「号泣」というお笑いコンビがいる。「HR」では前説を担当している（時々出演も）。

僕が普段作っている舞台はコメディーとは言っても、百二十分間ひっきりなしにお客さんが笑ってくれるわけではない。特に最初の十分は客席の雰囲気は硬い。幕開きからどっかんどっかん笑ってくれればそれに越したことはないが、コメディーの冒頭というものは難しいのだ。幕が開いた瞬間に、いきなり俳優がおケツを出して並んでいたとしても、そんなことでは、お客さんは笑ってはくれない。おケツは出し損になるだけである。

三十分番組「HR」の場合は正味二十二分。そのうち、頭の十分に笑いがないと、半分近くの間、客席が静まっていることになる。これはまずい。そのために必要になってくるのが前説だ。本番前に、お客さんを盛り上げるのが号泣の仕事。彼らのトークでひとしきり客席が沸いてから、収録は始まる。既に客席の空気は温まっているので、芝居が始まった瞬間から、お客さんは笑ってくれる。お客さんが笑ってくれれば役者もノッてくる。ノッてくるとさらにお客さんも笑って

……。つまり、シチュエーション・コメディー（略してシットコム）「ＨＲ」の成否は、号泣の二人にかかっているのだ。

島田秀平さんと赤岡典明さん。二人は幼馴染だ。人懐こい笑顔で誰にもすぐ心を開く島田さんと、寡黙でマイペース、頑なに自分流を通す赤岡さん。二人は絵に描いたように好対照だ。

前説を決めるオーディションでは、正直、号泣よりも面白い人たちは何人もいた。しかし、島田さんの愛嬌と、赤岡さんの物怖じしない態度、そして二人にそこはかとなく漂う品の良さが、決め手となった。愛嬌と度胸と上品さ。それは主演の香取さんにもそのまま通じる要素だ。

最初の収録が始まる時に彼らにお願いしたのは、誰よりも番組を愛して下さい、ということ。お客さんから「ＨＲ」に関してどんな質問が来ても、すぐに答えられるようにして下さいとも言った。

彼らはそれをきちんと守った。毎週、リハーサルから顔を出し（よっぽど暇なのだろうか）、稽古を見学、メモを取り、翌日の前説で話す内容をまとめる。それは主に島田さんの担当だ。赤岡さんはその間、何もせずにボーッとスタジオの隅に腰掛けている。

収録の日、号泣はまるで似合わないタキシード姿でお客さんの前に登場する。島田さんが取材を元に、当日のエピソードに関する様々な話題を披露。だが興奮する性質の島田さんは、喋っている間に時々何を言っているのか分からなくなる。それをたしなめるのが赤岡さんの役目。今まで まるで働いていないかに見えた赤岡さんが、冷静に突っ込む。そこで笑いが生まれる。見事な役割分担。途中で僕や香取さんもトークに参加、客席の気分が最高潮に達したところで、いよいよ収録開始だ。号泣のお陰で、毎回、オンエアされないのがもったいないくらいに、前説は盛り上がる。

それを見ながらいつも思う。僕の芝居でも、開幕前に号泣の前説があれば楽なんだけど。

# 自分の写真が正視できない

僕のように容姿に自信のない人間は、プライベートではまず自分の写真を撮らない。実家にある家族のアルバムの中にも、思春期以降の僕の写真はほとんどない。結婚してからは、妻や犬猫たちと写真を撮るようにはなった。年に一回、夫婦の肖像を写真館で撮り続けてもいる。だが、いまだに写真の中の自分を正視することは、なかなか出来ない。

自分の顔が嫌いというのは、どういうことだろう。写真を見てげんなりするのは、なぜ。本当はこんなはずではないと思っているから？　自分の顔に何を期待しているのか。マネジャーの白井美和子さんは、「それは逆の意味での自意識過剰ね」と言う。かもしれない。

辛いのが雑誌の取材。インタビューを受けると、必ず写真を撮られる。不特定多数の人にこの顔を見られることに、僕はどうしても慣れないでいる。同じ年代の脚本家の写真を見ると、皆さん、深みのあるお顔をされているのに、自分はどうだ。顔にまるで人生が刻まれていない。おまけに表情に乏しいので、どの写真を見ても、申し訳ないくらいに同じ顔をしている。

プロのカメラマンは、大抵、物凄い数の写真を撮る（最近分かってきたが、ベテランの方ほど撮る枚数は少ないようだ）。雑誌に載ったのは「結局これかい」と思うようなケースがほとんどだ。以前はその度にがっかりしていたが、最近は他の写真はもっと酷かったんだな、と思うようにしている。ということは、やはり自分の顔に過度の期待をしているのか。

　色気づいていると思われそうなので、撮影前に鏡は一切見ない。そのため出来た写真は、襟が半分だけ出ていたり、髪の毛が一部分だけ立っていたりする。現場にヘアメイクさんがいらっしゃる時は、「好きにして下さい」と言う。俳優さんじゃないんだし、いちいち注文をつけるのも格好悪いから。その結果、まるで顔に馴染んでいない頭になる。

　でも僕としてはそれはそれで楽しい。ヘアメイクさんがこの顔に合っていると思って作って下さったのだから。新しい一面が見られて、むしろ感謝している。もともと自分に守るべきイメージなんてないんだし。懐かしき鳳啓助氏そっくりにされた時は、ちょっと困ったけど。

そういえば、同世代の劇作家と対談した時、ビジュアル系の彼は写真撮影の前に専属スタッフにメイクをしてもらっていた。「守るべきイメージ」がある人は、それはそれで大変だ。

ひとつだけ、撮影の時に困ることがある。カメラマンの皆さん、どうか僕に「笑って下さい」と注文しないで下さい。ますます表情が硬くなるし、普段、人に笑ってもらう仕事をしている人間は、「笑い」に関して敏感なのだ。「笑って下さい」と言って人が笑えば、こんなに楽なことはない。だからその言葉を聞くと、いつもちょっとだけ腹が立つ。

ホントに笑って欲しければ、僕が笑うようなことをして下さい。めったなことじゃ笑わないけど——と、書いていて思ったことがある。これって偏屈ジジイの始まりだろうか？　顔に深みがないくせに、この男は。

# 天海祐希さん、唯一の欠点は

「オケピ！」の稽古が始まった。
初演から引き続いての出演は、サックス奏者からコンダクターに「転職」した白井晃さんに、
布施明さん、小日向文世さん、川平慈英さん、コバさんこと小林隆。そして戸田恵子さん。彼女
は去年の「Ｙｏｕ　Ａｒｅ　Ｔｈｅ　Ｔｏｐ」から「ＨＲ」、そして今回と僕の作品に三連投と
なる。
一方、初参加組。相島一之は劇団時代の仲間。温水洋一さんと瀬戸カトリーヌさんは、去年の
「彦馬がゆく」にも出て貰った。天海祐希さんと寺脇康文さん、小橋賢児さんは今回が初めてだ。
岡田誠さんは、オーディションを歌の巧さで勝ち抜いた。

で、今回は天海さんの話。元宝塚のトップスターにもかかわらず、天海さんは驚くほど気さく
でチャーミングだ。とにかくよく笑う。長い手足をくねらせて。それも笑いながらバンバン人を
叩く、かなりバイオレンスな笑い方だ。

女優さんに対して、「○○さんに似てますね」と言うのは禁句だが（大抵はいい顔をされない）、黒のタートルネックを着ていた天海さんが、あまりにも「彼」に似ていたので、つい「新庄選手に似てますね」と口にしてしまった。天海さんは、「はい、よく言われます」と真顔で答えてから、体をくねらせて笑った。

天海さんは礼儀正しい。背も高いので、卒業後も成長が止まらなくなった女子高生のようだ。ダメ出しの時、僕の一言一言に「はい」「分かりました」と返事をしてくれるのは、宝塚時代の名残か。僕が「○ページ、天海さんが台詞を言った後の白井さんなんですけど」と、白井さんにダメ出しした時でさえ、「天海さんの」と言った瞬間に、「はいっ」と答える。これはこれでちょっとやりにくい。

相当な負けず嫌いなのだろう、こんなこともあった。通し稽古の時、繰り返し練習したシーンなのに、彼女はある台詞を忘れてしまった。そんな自分に腹が立ったのか、思わず「チクショー」と叫ぶ天海祐希。稽古中に「チクショー」と叫んだ女優さんを見たのは初めてだ。いや、男優さんでもない。というか、日常生活で「チクショー」と叫ぶ人間を見たのは、自民党が選挙で大敗した時、テレビカメラの前で思わず叫んだ橋本龍太郎幹事長（当時）以来ではないか。

今回、天海さんが演じてくれることが決まってから、ハーピストの役は大幅に書き直した。あて書きというのは、その俳優さんがどう演じたら面白くなるかを、想像して書くこと。だから今回の役は、彼女を知る前に抱いていたイメージで書いた役ということになる。

実際に天海さんと稽古をしてみて、新しい一面を発見する瞬間が何度もあった。予想以上に女性的な部分も見つけたし。稽古場の天海さんを見ながら、やって欲しい役やシーンがいろいろと頭に浮かんだ。魅力的な女優さん（男優さんも）とは、たぶんそういうことなのだろう。おまけに礼儀正しくてチャーミングと来れば、怖いものなし。後は、笑いながら人を叩く時に力を加減してくれれば、完璧である。

## 「神様」欽ちゃんとの対面

二月のある日。「オケピ！」の稽古は休み。普段芝居は観ない方だが、この時期はどうしても観ておきたい芝居が目白押しだった。浅野和之さんが出ている「ニンゲン御破産」も観たいし、ケラさんの舞台も押さえておきたい。だがオフは一日だけ。悩んだ末、雑誌の対談でお会いしたはしのえみさんが出演している明治座の「江戸の花嫁」に決めた。

萩本欽一さん演出・出演の喜劇。コント55号の久々の復活ということで話題になっている。僕らの世代にとって、欽ちゃんはまさに「笑いの神様」。高校時代、ほとんど毎日のように、各テレビ局で欽ちゃんの番組をやっていた。今の自分の仕事も、かなり欽ちゃんの影響を受けている。というより、僕の世代で彼の影響を受けていない人はいないのではないか。「HR」のあの横長のセットも、欽ちゃんの「OH！　階段家族!!」というバラエティー風ドラマのセットのイメージが念頭にあった。

「江戸の花嫁」は文句なく楽しめるコメディーだった。初めて観た生の「コント55号」。客席で

この時間が永遠に続くといいと本気で思った。

ラスト、欽ちゃんと二郎さんが土手に並んで腰掛けて語り合う静かなシーンは、まるで笑いの神様が目の前に降臨してきたようにも見えた。

客席には、「オケピ！」の出演者の寺脇康文さんもいた。彼も僕と同学年、欽ちゃん世代だ。終演後、「55号、いいよねえ」と話しながら、僕らははしのさんの楽屋を訪ねた。

彼女は、僕らを欽ちゃんに紹介してくれると言った。嬉しかったが、ちょっと戸惑う。面識もないし、こっちはすぐ緊張する方だから、ご挨拶したところで話がはずまないのは目に見えている。寺脇さんと顔を見合わせた。彼も同じ思いのはずだ。僕ら世代にとって、欽ちゃんこと「大将」は気軽にご挨拶に行ける存在ではないのだ。とはいえ、一度くらい生で欽ちゃんを見てみたい、という興味もあった。どうしよう。職員室に呼ばれた生徒のように、二人でもじもじしているうちに、僕らの足はいつしか欽ちゃんの楽屋に向いていていた。

楽屋を覗くと、舞台を終えたばかりの欽ちゃんは、お客さんと談笑していた。松居直美さんだ。欽ちゃんファミリーの結束を感じた。僕を見つけると欽ちゃんは、「あれれれ」と出て来た。「あなたのファンなの、会いたかったよォ」。こっちは予想外の言葉に感激したが、隣の寺脇さんのことが気になった。その場の空気を察した欽ちゃんは、寺脇さんに言った。「別に、あなたに会いたくなかったわけじゃないんだよ」。

感激しているわりには、いつもの癖で、一刻も早くその場を離れたかった。こういう時、平常心から程遠いところにいる自分が耐えられないのだ。ほとんど会話らしい会話もせず、僕と寺脇さんは、そそくさと楽屋を後にした。去り際、喜劇の大先輩は、あろうことか「握手して下さい」と手を差し出した。欽ちゃんが僕のことを知っているだけで既に不思議な気分だったのに、まさか握手を求められるとは。

大将と握手を交わし、僕は向こう十年分の「やる気」を貰った。

# 伊東さんのために書く幸せ

「ＨＲ」の最終回のゲストは伊東四朗さん。以前、伊東さんの舞台を観に行った時、楽屋で「今度公開形式のコメディーを作るんです」と話したら、伊東さんは自分のことのように喜んでくれた。そういうものをやっていかないと、日本の「笑い」はダメになる、と真剣に語った伊東さん。だからこそ、どうしても一度はゲストに出て貰いたかった。

伊東四朗と香取慎吾。コメディーファンとしては、夢の顔合わせだ。そのホンを自分が書く。脚本家になってよかったと思える瞬間だ。パソコンを叩く指にも力が入る。力が入る分、時間も掛かる。

最初、伊東さんは香取君扮する轟先生のお父さんという設定にした。息子の働きぶりを見に父親が学校にやって来る。だが生徒たちはそれを新任の校長と勘違い――。書き進むにつれて、どうもいまひとつ盛り上がらないことに気づく。せっかく当代随一の「コメディアン」同士がぶつかり合うというのに、どうも「役」が「俳優」を超えていない気がするのだ。これ、ちょっと格好いいフレーズですね。

　月曜日がリハーサルなので、最悪でも日曜日には決定稿を俳優さんに渡さなくてはならない。だが、土曜日の朝の段階で、ほぼ書き終えていた台本を捨てた。ゼロから再出発。アイデアが浮かばず、気分転換に土屋プロデューサーに電話をする。煮詰まった時には、人と話すのが一番だ。世間話の中から、定時制の生徒は校長に会う機会が少ないという事実を知る。これだと思った。伊東さんの役を本物の校長先生に変更。生徒に顔を知られていないのを利用して、新入生に変装、生の声を聞くためクラスに潜り込む。様々な年齢の生徒がいる定時制高校ならではの設定ではないか、と一人ほくそ笑む。

　構成を組み立て直し、新たに書き始めたのは日曜日の午前一時だった。不眠不休で書き進め、完成したのは月曜日の朝。原稿は大至急、俳優さんの元へ届けられ、映像監督の河野圭太さんはスタッフと美術打ち合わせを始めた。

その日の午後二時から、衣装合わせだ。この段階で既に伊東さんは台本の意図を的確に把握していた。瞬時に顔を隠せるように、首の部分が伸び縮みするとっくりセーターを着たいと、自らアイデアを出す伊東四朗。さすがベテラン喜劇役者だ。そして本読み。信じられないことに、伊東さんは、ほとんどの台詞を頭の中に入れていた。どう考えても、ホンが手元に渡ってから、三時間も経っていないというのに。香取君も「ハンパじゃないですねえ」と驚愕していた。

翌日は本番。最終回ということもあり、僕は中身を詰め込むだけ詰め込み、お客さんも大いに盛り上がり、伊東さんもアドリブ全開で、全体がいつもより十五分オーバーになってしまった（フジテレビの御好意で、この回だけ四十五分番組になりました）。

収録後、伊東さんは、「よろしいんじゃないでしょうか」と頬笑んで、そそくさとスタジオを去っていった。おととし（二〇〇一年）の舞台の打ち上げでも、伊東さんは「よろしいんじゃないでしょうか」と言った。喜劇の大先輩の「よろしいんじゃないでしょうか」、コメディー作家にとって、これ以上、名誉なことはない。

# ちょっとハメをはずした夜

「オケピ！」の稽古が終わった午後十時。僕と出演者の川平慈英さん、小日向文世さん（通称コヒさん）の三人は、タクシーで渋谷へ向かっていた。慈英さんのサッカー仲間が主催するパーティーに出席するためだ。人の集まるところは苦手だが、稽古も開始から一カ月を過ぎ、この辺で気分転換したかったこともある。「絶対に楽しいですから」という慈英さんの言葉が背中を押した。

それはいわゆる「クラブ」。初めての体験。それが一体どういう趣旨のパーティーだったか、結局いまだに分からないのだが、僕らが到着した時、会場は若い人で溢れていた。アメリカ映画に出てくるハイスクールの卒業パーティーみたいな感じ。僕だけ年齢的に浮いているような気がしたが、隣には僕より八歳年上の小日向さんがいたので気が楽だった。

ピチピチのTシャツを着た「テキーラガール」から、紙コップに入ったテキーラを手渡された。お酒がダメな僕は、烏龍茶ガールを探したが、いなかった。テキーラガールに促されて、一気に飲み干す。火のついた煙草を丸呑みしたような刺激が喉を走った。

慈英さんが僕とコヒさんを壇上に呼んで、皆に紹介した。既に場内はかなりヒートアップ。

やがて唐突に始まったダンスタイム。大音響、そして目まぐるしく変化する明かりの中、若者たちは踊り始めた。呆然と立ちつくす僕とコヒさん。さすがに照れ臭く、隅で様子を見守る。

お祭り好きの慈英さんは、若者たちに交じって踊り出した。コヒさんは、踊る若者たちを嬉しそうに見つめていたが、ついに我慢出来なくなったのか、奇声を上げながら、その中に飛び込んで行った。すかさず慈英さんが指笛を鳴らした。

天真爛漫な笑顔と、自由劇場で培われた不思議な動きで、コヒさんが会場の人気者になるのに、そう時間はかからなかった。四十九歳とは思えなかった。織田信長なら本能寺の変で死んだ年だというのに。「キャホー、スイーチョ、スイーチョ」と意味不明の言葉を連発しながら、コヒさ

んは踊り狂った。僕はといえば、音楽に合わせて一応、足踏みだけはしていた。それはまるで、豪快に泳ぐ友人（慈英さん）、溺れながらも自己流で泳ぎ、注目を浴びる友人（コヒさん）を横目で見ながら、水に入れずプールサイドで足だけつけてピチャピチャしている虚弱体質の少年のようだった。

とはいえ、つまらなかったわけではない。我を忘れて踊る若者を眺めているだけで、エネルギーを貰ったような気がした。

慈英さんがやって来て、「三谷さんも」と僕の手を引いた。悩んでいる暇はなかった。思い切って、輪の中に飛び込む。だが、自分の中に踊りのボキャブラリーがないので、自由に踊ることができない。見よう見まねで、周囲の人と同じ動きを繰り返す。恥ずかしかったが、嬉しかった。コヒさんみたいに、バカになることは出来そうにもなかったが、ちょっとだけハメをはずして、小バカくらいにはなれたような気がした。

慎ましくも狂乱の一夜。

# もう懐かしい、苦しみの日々

「ＨＲ」の最終回の放送日。オンエアはリアルタイムで自宅のテレビで観る。収録してからずいぶん時間が経っているせいもあり、かなり冷静に観ることが出来た。伊東四朗さんが画面の中を縦横無尽に走り回っている姿は、それだけで楽しかった。

新しいようで懐かしいシットコム。この番組に自分自身が関係していたと思うと、不思議な気分だった。もちろん、例によって反省するところは多々ある。いくつかの面白みのない台詞、あすればよかったと今になって思える、アイデアの練りこみ不足。自分の作品を振り返った時に抱く、例の自己嫌悪感に、今回もやはり苛まれた。

だが、それを差し引いても、「ＨＲ」は僕にとっては大事な作品だ。やっぱりこんなドラマ、他にないし。今、放送されているどの番組よりも、パワーに満ち溢れていたような気がする。現場で感じていた、スタッフとキャストの熱気は、ブラウン管を通してもちっとも色褪せてはいなかった。

現金な話だが、あれほど毎週苦しんでホンを書いていた頃が、今となっては懐かしい。死ぬ思いだったのに。それでもなんとか半年間、テンションを落とさずにホンが書けたのは、現場スタッフのお陰である。もっともテレビドラマらしくないテレビドラマに関わるはめになったスタッフたち。彼らの頑張りを目の当たりにすると、まずは彼らがこの番組に関わって良かったと思える作品にしなければ、とこっちも気合が入った。

特に照明の横山さん。今だから告白しますが、実は僕は毎週、あなたを笑わせたくて、ホンを書いていました。だってリハーサルの時に横山さん（僕は勝手にアニキと心の中で呼んでいました）が見せる笑顔、ホントに楽しそうなんだもん。毎回、あなたがどれくらいリハで笑ってくれるかで、その回の出来不出来が分かりました。この場を借りてお礼を申し上げます。意外に下ネタが好きなことが分かった時はちょっとがっかりしたけど。

さて「ＨＲ」は、シットコムという新しいジャンルを日本に根付かせる、その第一歩になったのか。視聴率的には10％前後をキープして、ドラマ不遇の時代としては、合格ラインではあったと思う。問題は、この先、シットコムが定着するか否か。それはひとえに、次にまた「ＨＲ」のような番組が生まれるかどうかにかかっている。

初めてナマコを食べた人は偉いという話を聞くが、それは大きな間違いである。どんな時代にも、変なものをふざけて口に入れるお調子者はいるのだ。本当に偉いのは二番目に食べた人。二番目があるかないかで、それが文化として定着するかどうかが決まる。続く人間がいなければ、最初の人間はただのおバカだ。

シットコムが文化として残るかどうかは、次に作る人に掛かっている。でもひょっとしたら次も僕かもしれないという不安（と希望）もあるわけで、となると僕はたった一人でナマコを食い続けたおバカさんとして、後世に伝えられるのだろうか。ま、それもいいけど。

# エピソードの宝庫、天海祐希

「オケピ！」の幕が開いた。これから約三カ月間のロングラン。作・演出家は、初日の幕が開いてしまえばお役御免だが、役者はこれからが勝負。五月三十日の大阪千秋楽まで、常にベストコンディションを保たなくてはならない。客席に座っている人は毎日違うのだ。日によって声が嗄《か》れていたり、元気がなかったりしたら、これほど失礼なことはない。だから公演中、役者は絶対風邪など引くわけにはいかない。体力的にも精神的にもハードな日々が続くわけである。役者じゃなくて本当に良かったと思う。

さて、俳優さんには二種類あるようだ。例えば唐沢寿明みたいに、普段はサービス精神旺盛な男なのに、いざ彼を肴にエッセーを書こうと思うと、これといったエピソードが浮かばない人。つまり「隙」を見せないタイプ。一方で、その人の話だけで一冊の本が書ける、エピソードの宝庫ともいうべき人もいて、今回のヒロイン天海祐希は、まさに後者の典型。そんなわけで、今回も彼女の話。まさに「隙」だらけの人生。

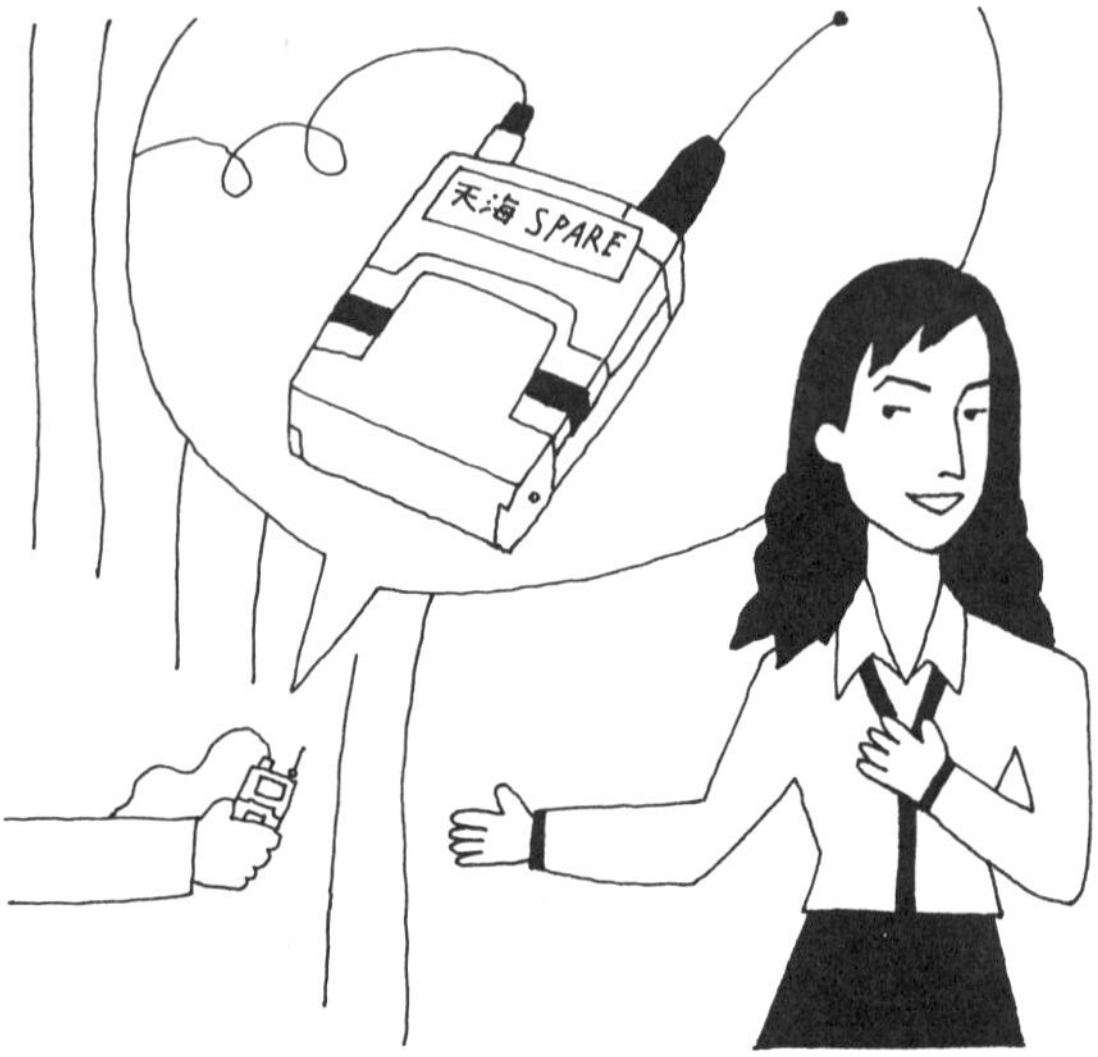


つい先日のこと。本番中に袖で控えていた彼女は、その場にいたスタッフとつい話し込んでしまい、自分の出番を忘れた。はっと気づいて、「やべっ」と叫び、舞台に飛び出した天海。ところが「オケピ！」はミュージカルなので、役者の耳には小さなワイヤレスマイクが仕込んである。そのマイクが彼女の「やべっ」を拾ってしまった。

　僕はその時、客席で観ていた。出番になっても、なかなか天海さんが現れないので（その間、ステージ上は不思議な沈黙が続いていた）、これはおかしいと思っていた矢先、突如としてその場にいない彼女の「やべっ」という声が、あたかも神のお導きのようにステージに響き渡った。その直後、まるで何もなかったかのように、すました顔で舞台に戻ってきた彼女の姿を（天海さんは、自分の声が客席まで聞こえていたことを知らなかったのだ）、僕は一生忘れないだろう。

これだけだとなんなので、いい話もしておきます。天海さんのマイクが本番中、突然壊れてしまったことがあった。もうすぐ彼女の歌が始まるというのに。裏にはけてマイクを付け替える暇はない。しかし十代から舞台に立っている彼女は、突発事態に少しも動じなかった。自分は役柄上、袖に近づくことが出来ないので、共演者の小日向さんに舞台上でそっと状況を説明。彼は袖に近寄って、スタッフから予備のマイクを受け取り、それを天海さんに渡した。

客席の後ろで観ていた僕は、ステージ上の異常に気づき（もちろん普通のお客さんは気づいていない）、舞台裏へ走った。スタッフから状況を聞き、袖から舞台の様子を覗くと、そこには、お客さんを前に芝居を続けながら、悠然と自分でマイクを付け替える天海さんの姿が。彼女が新しいマイクをセットし終えたのは、自分の歌が始まる直前。そして何事もなかったかのように、天海祐希はいつも通りに唄い踊ったのだった。これにはしびれました。

そう、「隙」だらけの女は、天性の舞台女優でもあったというお話。

# 打楽器奏者のりりしさに感動

「オケピ!」はミュージカルなので、ステージの下には実際のオケピがあり、そこで本物のミュージシャンが生演奏する。

本番中、オケピの隅で見学させてもらった。いつも思うが、人が楽器を演奏している姿って、なんて格好いいのでしょうか。女性は限りなく美しく、男性はあくまで男らしい。普段はホント、冴えないおっさんみたいな人たちが、一度楽器を手にすると、たちまちナイスガイに変身する。

皆さん、惚れ惚れするほど素敵だが、中でもお勧めなのが(何がお勧めなのか分からないが)パーカッションの小竹満里さん。

オケピの、客席から見て右側の隅に、マリンバやティンパニや、僕が名前を知らない様々な楽器に囲まれた、畳三畳ほどのスペースがある。そこが小竹さんの仕事場だ。なんと彼女は本番中、そこで三十種類の楽器を演奏する。これがもう身震いするほど美しい。

本番中の彼女はとにかく忙しい。一つの曲の間にいくつもの打楽器を演奏しなければならない。

両手の指の間に無数のスティックを挟み、なおかつ口にも一本くわえて、楽器から楽器へと渡り歩く。

マリンバを叩いていたと思ったら、いきなりシンバルを打ち、シェーカーみたいなのをシャカシャカやりつつ、目の前に吊るされた深海魚の骨格見本のような楽器を一瞬ツルンとなで下ろす。曲を作った服部隆之さんが言っていたが、当初はまさか一人であれだけの打楽器を操れるとは思っていなかったそうだ。自分で作曲しておいて無責任な話だが、それをこなしてしまう小竹さんは、パーカッショニストとしては、かなりの腕前らしい。

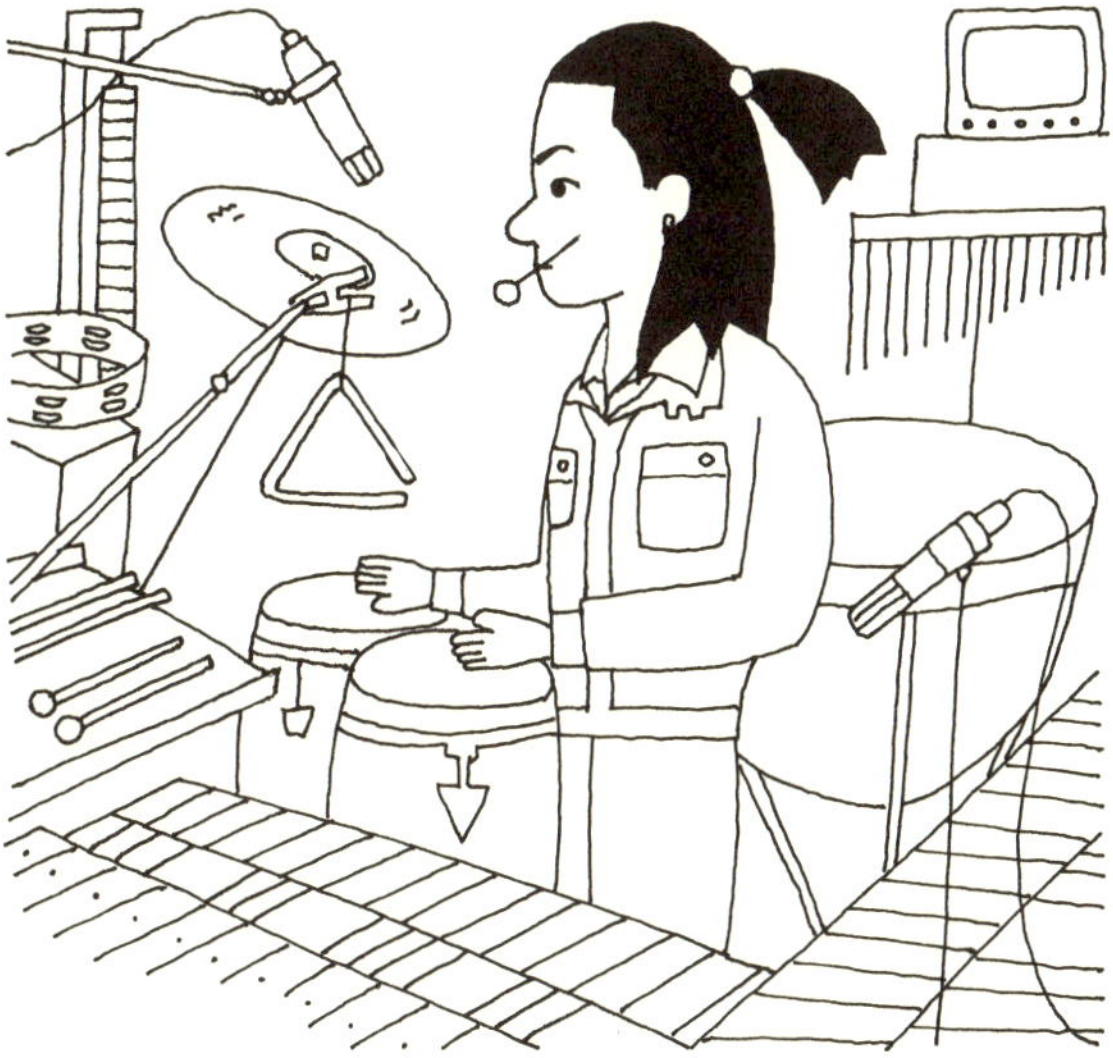

話はそれるが、彼女の周囲は、見たこともない楽器で溢れていて、特に目を引いたのが佃煮の瓶の蓋を思わせるミニミニシンバル。これは二つをぶつけて音を出すのだが、チーンとやった後に、必ず空気をかき回す仕草が入る。そうやって音の余韻に微妙な強弱をつけているよう

だが、それがお箸についた納豆の糸を払っているみたい。演奏の最中に慌てて朝食をとっているようで、面白い。

演奏している時の小竹さんは、あくまでも凛々《りり》しい。眉はきりりと引き締まり、頭には見えない鉢巻をきゅっと締めている。例えて言うなら、四方を敵に囲まれた女剣士。次々に押し寄せて来る敵を、ナギナタ一振りでばったばったと倒していく。一心不乱に演奏に集中するその姿は、もはや格好良さを通り越して神々しい。

イラストを和田誠さんに描いて貰うため、終演後、楽屋前の廊下で小竹さんの写真を撮らせて貰った。無理を言って、何もない所で演奏している真似をお願いしたら、照れながらもポーズをとってくれた。普段の小竹さんは、笑顔の涼しい、ごくごく普通の女性。その姿は演奏中の凛々しい姿とはまったくの別人だ。そんなギャップがまた素晴らしい。

# さびしい演出家が行く先は

以前、演出家というものは、舞台の幕が開くとすることがないと書いた。それでは問題です。初日が過ぎたら、演出家は一体いつまで劇場に通うと思いますか。

答えから言うと、人それぞれ。公演が始まったら全く来ない演出家もいる。売れっ子は、年間に何本も抱えているので、幕が開いた次の日には、別の芝居の稽古に取り掛かる。一方で、千秋楽までダメ出しを続ける、諦めの悪い人もいる。

僕としては、本来、自分の仕事は初日で終わりだと思っている。だからこそ、それまでに出来ることはすべてやっておきたいタイプ。では始まってしまえば劇場には行かないのかというと、そうではない。むしろ結構劇場には足を運ぶ。理由は単純。家にいると淋しいから。開演時間に自宅にいて、「ああ、そろそろ始まるな」と思うと、急激に淋しくなるのだ。

つい最近までスタッフ、キャストと一丸となって頑張っていたのに、ここに来て僕だけが仲間はずれにされた気分。だから頼まれもしないのに、毎日劇場に顔を出すことになる。

出したからと言って何をするでもない。客席で観るのは恥ずかしいから、だいたいは楽屋に入りびたる。楽屋前の廊下には、差し入れのお菓子が並んでいる一角がある。舞台の俳優さんは、しょっちゅうお客さんから差し入れを貰うから、おいしい物を良く知っているのだ。だからここは、都内の「うまいもの尽くし」コーナーみたいになっている。そこでお菓子をつまみ、コーヒーを飲みながら、出番を待っている俳優さんや制作スタッフの皆さんと、無駄話に花を咲かせる。

文句なく楽しい。芝居はもう僕自身の手を離れているから、僕には何のプレッシャーもない。これから舞台に出ていく役者は緊張していると思うが、知ったこっちゃない。

気が向いたら、舞台袖に行って、脇から芝居を観る。客席から見えないのをいいことに、たまに舞台上の役者に手を振ったりして、遊んだりする。

毎日来ているのに、あまりに何もしないと決まりが悪いので、時々、俳優さんのアラを無理矢理探しては、公演後にダメ出しをする。される側にとってはいい迷惑だろう。

さすがに初日から二週間も経てば、ダメも見つからなくなって来る。最初の頃は僕の顔を見て、「あ、来てくれたんですね」と喜んでくれた役者たちも、日が経つにつれ、リアクションが薄くなってくる。彼らの視線の中に、「あ、また来てる」という冷たいものも感じるようになったら、そろそろ潮時だ。初めて僕と仕事をした俳優さんたちも、その頃になれば「あの演出家は顔を出しても何もしないで帰って行く」と気づき始める。

もう劇場に行くのはやめよう、と誓う。こっちも早く吹っ切って、次の仕事に掛からないとさすがにまずい。だが、次の日も開演時間が近づくと落ち着かなくなり、気がついたら、例の一角でコーヒーを飲んでいる。

演出家はとても淋しいのです。

# 眠る、眠る、ただただ眠る…

こんなことは初めてだ。「ＨＲ」も終わり、「オケピ！」も僕の手から離れ、いよいよこれから、来年（二〇〇四年）放送の大河ドラマの執筆に専念しようと思った矢先の出来事。

朝六時に目を覚まし、いつものように犬の散歩に行った。どうも体が重い。風邪だな、と直感した。僕の場合、風邪の対処法は、オレンジジュースをひたすら飲んで、後は眠り続ける。これで大抵は治る。四十年以上に渡る人生経験から学んだ、生活の知恵だ。

とび（もう三歳になる）には申し訳なかったが、早々に散歩を切り上げ、コンビニで紙パックのジュースを買って帰宅。それを一気に飲み干して、ベッドに入った。

目が覚めたら、夕方になっていた。ほぼ一日寝ていたわけだ。妻は自分の舞台の稽古で留守だった。体は依然としてだるかった。寝ようと思えば、いくらでも寝られそうである。台所にあったバナナを食べて、再びベッドに入る。

目が覚めたらなんと翌日の昼だった。こんなに寝たのは何年ぶりだろうか。しかしいくらなん

でも寝すぎのような気がして、妻に相談すると、「寝られる時に寝ておいた方がいいんじゃない？」と軽く言われた。

お言葉に甘えて、再び眠りにつく。夕方、コーンフレークを食べた時以外は、ひたすら眠り続ける。二十時間は寝たことになる。驚くべきことに、そんな日が三日ほど続いた。

妻は、出掛ける時にベッドで寝ていた夫が、夜帰宅すると全く同じ体勢で横たわっているので、さすがに不安になったようだ。お医者さんに診てもらったら、と言われ、自分でもちょっと心配になったので、眠い目をこすりつつ、病院へ行った。

診察の結果は、「疲れ」だった。相当疲労が溜まっているらしい。疲れすぎて、自律神経も弱っているという。

考えてみれば確かに去年から舞台、シットコム、ミュージカルと働きづめではあった。ただ自分としては、そんなに疲れたという自覚はなかったし、もっとハードな日々はいくらでもあった。しかしどうやら、自分の知らないところでかなり体にガタが来ていたようだった。やはり歳なのだろうか。

数日間、ほとんど何も食べていなかったので、栄養剤の点滴を受けて家に帰る。

重い病気だったらどうしようという恐怖感から、さすがに眠気は吹っ飛んでいたが、結果を聞いて、いきなり緊張の糸が緩んだ。帰りのタクシーの中で強烈な睡魔に襲われ、帰宅するやベッドに飛び込んだ。それからまた死んだように眠り続けた。

完全に目が覚めたのは、二日後のことだった。都合七日間、僕は眠り続けた計算になる。夢のような一週間。八日目の朝、僕は社会復帰を宣言した。髭は伸び放題、髪もぼさぼさだったが、気分はここ数年で最高。これだけ寝れば当然か。爽やか過ぎる笑顔で、溜まった新聞を読む夫を見ながら、「人間にも冬眠ってあるのね」と、妻は感心したように言った。

# 妻が発熱、何をしたらいいの？

僕が眠り病から立ち直ったと思ったら、今度は妻が倒れた。

彼女は去年に引き続いて、今年も舞台に立つ。今回は、なんと野田秀樹さんの新作だ。笑いはあっても前回の「おかしな二人」のようなコメディーではないし、内容も「戦争」を扱っていて結構難しそうだ。その上、妻は二役を演じるらしい。古代出雲の神様と、日系のアメリカ軍人の早変わり。

肉体的な疲労と精神的なプレッシャーが重なり、とうとう妻は熱を出した。もともと体は強いほうではない。初日の一週間前のことである。

稽古を早退して帰ってきた妻の顔を見た時、これはただ事ではないと思った。顔は生気がなく、そして信じられないほどに真っ白だった。

翌日、妻は稽古を休んで病院へ行った。つい先日僕が点滴を受けたのと同じところだ。なんて虚弱体質な夫婦なんだろうと思っているのではないか。

診断は、発熱と腹痛を伴う過労。僕の時よりも症状は重かった。

妻が倒れた時にこそ、夫の真価が問われる。ここが頑張りどころだ。しかし一体何をすればいいのか。こういう時に「何か出来ることはないか」と本人に直接尋ねてはいけないことは、経験上分かっている。以前、風邪気味の妻に向けてその言葉を吐き、「そういうことは自分で見つけて」と怒られたことがあるからだ。

妻が寝ている間に、夕食の支度をした。本当は、卵とじうどんでも作りたいところだが、僕の腕では無理である。コンビニでインスタントのお粥を買ってきて温めることにした。せめて付け合わせくらいはと、やはりコンビニで買ってきた、梅干しと、キノコの佃煮と、塩昆布を少量ずつ小鉢に盛り、お膳に並べた。妻が起きてきたのを見計らって、お粥を温める。目の前に出されたお粥セットを見て、妻は悲しそうな顔をした。

「お腹壊している時にね、キノコはダメ。昆布も消化悪い。梅干しはありがとう」

どこまでも役に立たない夫であった。

翌日の朝。妻はやや元気を取り戻したようだった。まだ顔色はよくない。さすがに本番直前に、二日も休むのはまずいからと、妻は午後から稽古場に行くつもりでいた。しかしまだ微熱は続いている。

夫としては——無理せずにもう一日寝ていなさいと言いたかった。しかし演劇人の端くれとしては——共演者やスタッフのことを考えると、ここは無理しても稽古に出るべきだと思った。しかし、一日でげっそりしてしまった妻を見ていると、最終的に夫としての立場を選ぶことにした。野田さんごめんなさい、と心で謝りながら、妻に、もう一日休めと言った。二日も休んで大丈夫かなあ、と不安がる妻。何の問題もないと必死に説得する夫（本当は問題大ありなのだが）。

結局、妻は稽古に行くことにした。だいたい僕の意見は通らないものだ。最終的に役者であることを選んだ妻。タクシーに乗り込む彼女の姿を見ながら、さすがプロは違うなと、演劇人である前に心配性の夫を選んでしまった僕は、素直に反省し、そして感心した。

# 僕の「近藤勇」は、この人だ

大河ドラマ「新選組！」の執筆に、本格的に取り掛かる。

主役の近藤勇を演じるのは、香取慎吾。僕としても念願の大河だし、絶対にいいものを作りたい。自分の信頼する俳優さんに、近藤役を演じて貰えるのは、まさに夢のような話だ。

とは言っても、キャストが発表になると世間の反応は賛否両論だった。幾つかの週刊誌に載った「新選組！」関係の記事のほとんどが、批判的な内容。僕がホンを書くということからして既に不安視していた新選組マニアの皆さんは、このキャスティングを聞いて、さらに不安を募らせたようだ。

これまでの近藤勇像と香取さんが結びつかないのは確かだ。「親分肌」「寡黙」「厳格」といった彼のパブリックイメージは、アイドル香取慎吾には全くないもの。しかし近藤勇が本当にそうだったのかというと、これがどうも怪しい。もちろんそれも一面ではあったが、調べていくと、僕らの知らない近藤像が次々と見えてくる。

一番驚いたのが、彼は十代で近藤家に養子に入ったのだが、義母とうまくいかず、いじめに遭って、深く悩んでいたという衝撃情報。そこにはあの強面《こわもて》の近藤勇のイメージはどこにもない。あるのは、極めてナイーブな「勇青年」の姿。ほら、香取さんとダブってきたでしょ。そんな純

情青年が京都に上って、新選組を結成、やがては「鬼局長」と呼ばれるようになる。香取慎吾で見てみたいじゃないですか。

あとは、近藤勇はかなり口が大きかったみたい。よく拳骨を口に入れて自慢していたそうです。香取さんも口が大きく、CDを二十枚一度に頬張れるのが、彼の自慢。ほらほら、どんどん近藤勇と香取慎吾が重なっていく。

話題性だけで作家を選び、視聴率稼ぎのためだけに、人気アイドルを起用する。そう思う人も世の中には結構いるようである。

僕としては、夢だった大河を書かせてもらえるので、何を言われようがどうってことないが、香取さんに関しては、ここではっきり訂正して

おきたい。僕は今、僕の「近藤勇」を演じきれるのは彼以外にいないと思う。NHKのプロデューサーさんたちも、同じ気持ちだろう。テレビの人は話題性だけではキャスティングはしない。「よおし、香取慎吾が来れば、若い人は皆観るはず。これで視聴率も頂きだい！」みたいな、絵に描いたような軽薄プロデューサーは、手ぬぐいで頬かむりをした泥棒と同じで、イメージだけの存在であり、僕は会ったことがない。

最近だんだん分かって来たが、歴史ファンの中で、新選組びいきは全体の約半分といったところだろうか。あとの半分は、アンチ新選組で、彼らを単なるテロリスト集団としてしか見ていない。そして擁護派の皆さんにとっても、今回のキャスティングはやはり抵抗があるらしい。僕らの周囲は敵ばっかり。

今は、確かに風当たりもつよいけど、来年の暮れの頃には、近藤勇といえば、香取慎吾しか思い浮かばなくなっているはず。

その日を目指して、頑張りましょう、香取さん。

# 沖田総司が「僕」はダメ？

これまでにも、時代劇は何本か書いたことがあったが、どれも時代考証はそっちのけ、かなりハチャメチャな代物だった。今回はNHKの大河ドラマ。そうはいかない。

実を言うと、想像していた以上に自由に書かせてもらっている。歴史的事実は踏まえつつも、それに縛られすぎると僕らしさが出ないし、僕らしさが出ないと僕が書く意味がなくなる。だからとりあえずは好きに書いている。

毎週、そのホンを元に、時代考証、歴史考証の先生たちによって考証会議が行われる。そこでいくつか（というより無数の）問題点がリストアップされ、それを踏まえてまたホンを直す。そして直したホンをさらに考証会議に掛ける。それでまた僕がホンを直し、直した部分をさらに考証に掛け……、その繰り返しだ。

使ってはいけない言葉というものがある。江戸時代になかった単語。例えば「人間」。無意識によく書いてしまい、毎回チェックされる。「記憶力」という単語は「物覚え」に訂正された。

沖田総司が自分のことを「僕」と呼ぶのもNG。だけど「僕」って感じじゃないですか、青年剣士だもん。「俺」ではイメージが湧かない。いろいろ考えて「自分」にしてみたけど、これもダメだった（結局、「私」で落ちついた）。

ホンを書いている時、大事なのは「勢い」だ。一つ一つ時代考証を踏まえながら書いていると、全然先に進まないので、書く時は何も考えずに、現代劇のつもりでやっている。さすがに何本も書いていくうちに、使ってはいけない言葉が脳裏にインプットされていく。それでもたまに筆が滑って「僕は記憶力の悪い人間ですから」みたいなNGワード連発の台詞を書いてしまう。

考証会議の結果はいつも個条書きにしてメールで頂くのだが、そこに並んだ「僕はNG」「記憶力NG」「人間NG」の文字を目にすると「分からない人だな（舌打ち）」と、会議の席上で呆れ果てている先生方の姿が目に浮かび、冷や汗が出る。

反対に、当時のことが分かっていないと書けない場合もある。例えば、「次の日の朝、布団の中で目覚める近藤」というト書きがあったとする。時代劇に慣れていない作家はもうここで筆が止まる。小説とは違って、シナリオはあくまでも具体的記述で成り立っている。描写するしないは別にしても、僕の頭の中でイメージできていないシーンは、どうしても書くことができない。

問題なのは、近藤はどうやって目覚めたかということ。いくら僕でも、当時目覚まし時計がなかったことは知識として知っている。ならば彼らはどうやって起きたい時間に起きたのか。そこが分からないと一行も先に進まない。

そういう時は、プロデューサーの吉川邦夫さんに昼夜問わずに電話をして疑問をぶつける。吉川さんは僕とほぼ同世代だが、大河ドラマは何年もやっているので、昔のことは遥かに詳しい。吉川さんでも手に負えないような難問の時は、すぐに考証の先生に連絡を取って調べてもらう。

こんな奴にまともな大河ドラマが書けるのかと、お嘆きのお方もいらっしゃるだろうが、こんな奴なんだからしょうがない。むしろ、こんな奴にしか書けない大河ドラマを書こうと思っている。これって開き直りか？

# とびとホイ、友情が深まる

ラブラドール犬のとびと、捨て猫ホイとの友情は、時が経つにつれてより深いものになってきている。

もともと、瀕死の状態だったホイを草むらから発見したのは、散歩中のとび。以来、彼らの間には固い絆が生まれたようだ。

暇さえあればじゃれあっているし、おとなしくなったと思うと、お互いを見つめている。そのいちゃつきぶりは見ていてちょっと気持ち悪いくらいだ。

犬と猫がこんなにフレンドリーにしている光景を僕は見たことがない。とびのほうが七倍はでかいし、奴の力の強さは並ではない。本気を出せば、ホイなんかはひとたまりもないはずだ。散歩の時はかなり自己中心的なとびだが、ホイの前ではあくまでも従順。エイリアンの幼虫のように顔面にしがみつかれても、じっとこらえている姿はちょっと情けないが。

廊下の隅には、とび専用のケージがあって、彼の寝室になっている。ホイもそこで寝ることが多くなった。とびの股座《またぐら》に顔をうずめて眠るホイ。そしてホイを起こさないようにそっと寝返りをうつとび。ホイが先にケージに入って、センターで大の字で熟睡しているので、遠慮したとびがケージの外で巨体を丸めて眠っている光景もよく見かける。

子猫の習性か、ホイは棚の上に乗っている物を見つけると、下に叩き落とさずにはいられない。ホイが落とした物は、すかさずとびが駆け寄って嚙み砕く。彼らの連携プレイは完璧だ。お陰で、コンビニで買い集めた「アルプスの少女ハイジ」のフィギュアシリーズも、「宮本武蔵」のフィギュアシリーズも、すべてが破壊された。ちょっと高価な戦国武将たちは、さすがに別室に避難させた。

ホイは体が弱い。生まれてから約一カ月、表に放置されていたせいだろうか。もっとも栄養を取らなければならない時期に、ほとんどまともな食事をしていなかったので、いまだに体は貧弱である。なで肩で胸板も薄い。おまけにいろんな病気を抱えている。蓄膿症がようやく治ったと思ったら、今度は右耳の中に腫瘍が見つかった。幸い悪性ではなかったので薬で散らすことが出来たが、そうかと思ったら先週、突然右目が開かなくなった。目やにが止まらず、瞼も腫れている。

視界が半分になったせいか、ホイの元気はみるみるなくなり、一日ソファで寝ているようになった。

妻と相談し、ホイを病院へ預けて精密検査をしてもらうことになった。

ホイが入院する日、とびは朝から元気がなかった。動物たちは、どうしてああも的確に状況を把握することが出来るのだろう。とびはしばらくホイが帰って来ないことを、確実に理解していた。とび自身が入退院を繰り返す少年時代を送っていたから、ホイの心細さは痛いほど分かるのかもしれない。

ホイが入院してから、とびはケージで寝なくなった。その場所はホイとの思い出が詰まりすぎていたようだ。ひょっとするとホイが戻って来るまで、ゲンを担いでソファで寝ることに決めたのだろうか。妻に意見を求めると、「暑いからじゃないの」と、見事に素っ気ない答えが返ってきた。

# 十分おきのタイムスリップ

大河ドラマの時代考証についての続報です。毎週、僕のホンを元に考証会議が開かれ、そこでは歴史的事実に反する箇所や、当時（幕末）は使われていなかった言葉などがチェックされるという話を前々回書いたら、その文章になんと考証チェックが入った。エッセーを読んだＮＨＫの吉川邦夫さんからいくつか指摘を受けたのだ。

当時は「人間」という言葉は使われていなかったと書いたが、厳密にはそれは間違い。決して言葉として存在しなかったわけではないらしい。考えてみれば織田信長だって「人間五十年」って謡っている。ただそれはあくまで「生物」としての「人間」であって、「俺はそういう人間だからさ」みたいな使い方はされていなかったということ。訂正させて頂きます。

「僕」もそう。使われてはいたが、今の感覚とはちょっと違っていたというのが正解らしい。当時の「僕」はかなり気取った言い方で、今で言えば自分のことを「ミーは」という感じに近いらしい（それもちょっと古いけど）。だから「僕」が沖田総司に相応しくないのは、間違いなかっ

たわけだ。だって「ミーは剣の達人ざんす」なんて沖田が言ってたらおかしいでしょ。

そして一番の間違いは、吉川邦夫さんは、なんとプロデューサーではなくディレクターだった。民放では台本作りはいつもプロデューサーとやっていたので、吉川さんもてっきりPだと思っていたのですが、Dでした。

ついでに、「目覚まし時計がなかった当時、どうやって起きたい時刻に起きていたか」に関して。文中で答えを書かなかったので、「あれは実際どうなんだ」といろんな人から質問を受けた。一応、考証会議の結論をお伝えすると、「お寺の鐘」説が有力だそうです。鐘の音を数えて、当時の人は起きたい時間を確認していたらしい。最初の一発を聞き逃したらどうするのかと思ったが、そもそも昔の人は、今より感覚が鋭敏だったので、大抵は自力で起きていたようだ。目覚ましが鳴る前に目が覚めてしまうことってあるでしょう。江戸時代の人は、ああいう感覚が今より鋭かったみたい。

時代劇を書いていると本当に勉強になることばかりだ。

シナリオは台詞と具体的なト書きで成り立っているので、書く時は出来るだけ精神を集中させ、当時の様子を思い浮かべ、その頃に生きていた人間になりきる。もともと集中力がない男だから、これがしんどい。十分書いて十分休む。とはいえ、パソコンに向かっている間は、完全に精神は幕末モード。言ってみれば、十分おきに百四十年前にタイムスリップしているようなものだ。これまで知識としてしか知らなかった「幕末」という時代が、だんだんとリアリティーを持って、目の前に迫ってくる。

電話も電車も目覚まし時計もなかったあの時代も、そんなに捨てたものではないな、と最近思うようになった。日の出と共に起き、日が落ちれば寝る。夜はあくまで暗い。そんな暮らしが、実は人間として、とても真っ当なもののように思えてならない今日この頃。

ま、僕にその暮らしが耐えられるかどうかは別の話だが。

# コバさん、声が出なくなる

「オケピ！」は東京公演を終え、今は旅公演の真っ最中である。僕も大河の執筆を一旦休んで大阪公演の初日に立ち合った。その翌日のことである。東京へ帰る前に時間が空いたので、本番直前の男性楽屋を覗いた。なにやら張り詰めた空気が漂っているではないか。心配そうに見守る共演者の中で、ビオラ役の小林隆が悲壮な表情でうがいをしていた。何かあったのかと尋ねると、「声が出ない」と、聞いたこともないようなハスキーボイスで彼は答えた。

小林（通称コバさん）は前日の夜、大阪の初日を終えた解放感からか、ミュージシャンの皆さんと飲んでいたらしい。いつになく盛り上がったという情報も僕の耳には入っていた。

「遅くまで飲んでるからだよ」

「違うんだ。昨日、劇場も広くなったもんだから、いつもより大きめに声を出して、それで喉をやられた。飲み会の前から、声は嗄《か》れていたから、酒のせいじゃない」

「嗄れてるんだったら、飲みに行かなきゃいいじゃないか」

「そうなんだ」

しょげかえったコバさんは、まるで九十歳の老人だった。この姿、前にも見たことがあると思ったら、「オケピ！」の初演の時だった。初日直前、コバさんが稽古中に肉離れを起こし、あわや降板かという騒ぎがあった。幸い、テーピングで急場はしのげたが、あの時の彼も、このまま生き仏になってしまうのではないかと思えるほど、しょげかえっていた。

彼とは二十年来の付き合いだ。もともと責任感が強く、真面目でひたむき。そういう性格だから、人に迷惑を掛けるのが大嫌い。なのに、やたら人に迷惑をかけるのはなぜだ。
僕が頭に来たのは、今回コバさんが二度と肉離れを起こさないようにと、誰よりも早く劇場に来て、誰よりも時間を掛けて体をほぐしていたのを知っていたからだ。そしてソロナンバーを歌う彼の姿は、おかしくて楽しくて、自信に満ちて格好良かったからだ。だからこそ、ベス

トの状態で舞台に立てない彼が、僕には腹立たしくてならなかった。

本番が始まっても、結局コバさんの声は戻らなかった。役者は声が出ないと、いつもより余計に頑張る。頑張るからさらに喉に負担が掛かる。悪循環だ。一幕の後半、彼のソロが終わった時、完全にその声はつぶれていた。袖から見ていて、こんなに悲しい光景はなかった。コバさんの役は普段は目立たないビオラ奏者。その彼が、初めて人前で脚光を浴び、歌い踊る。コバさんは声が出ないのに「歌いきって颯爽としている男」を演じなくてはならなかった。スポットライトを浴びて、いつもの三分の一に満たない、まばらな拍手の中、満面の笑顔でVサインを出す彼の目には、涙が滲んでいた。

終演後、「お客さんに申し訳ない」とつぶやきながら、彼は病院へ向かった。このまま声が戻らなかった場合を考え、僕はスタッフと対策を練った。東京に帰るのは一日遅らせた。

小日向さんが「今日はコバさんがあれだろ。コーラスのところ俺が頑張らなきゃと思ってさ、初めてちゃんと歌ったよ」と、自慢げに語った。戸田恵子さんが「いつもちゃんと歌ってないのか」とマジで怒っていた（この話、続きます。コバさん、許せ）。

# 声戻す、魔法の「カッカッカッ」

「オケピ！」の大阪公演二日目。ビオラ奏者役の小林隆の声が突然出なくなった。

翌日になっても声は戻らず、服部隆之さんは、彼のソロナンバーはしばらくカットした方がいいのではないか、と言った。もちろん彼にとって自分の作った曲を削るのは、断腸の思いのはず。しかし、今のコバさんの喉の状態では、ソロを歌うのはまず無理だ。

僕としてもナンバーを削るのは辛い。それより心配なのが、コバさん本人の精神的打撃。自分の見せ場がカットになるショックではない。作品自体に迷惑を掛けてしまうそのことに、責任感の強い彼が果たして耐えられるのか。

どうやって打ち明けようか。暗澹たる思いで彼の楽屋を訪ねる。

「カッカッカッ」と不思議な音が廊下に響いた。楽屋を覗くと、共演者の岡田誠さんが、コバさん相手に痛んだ喉の治療法を伝授していた。彼は声楽のプロだ。こんな修羅場は何度も経験してきていたらしい。

「喉の奥を開いて、痰を吐くような感じで思い切りカッカッカッとやってみて下さい」

言われた通りに「カッカッカッ」とやってみるコバさん。餅を喉に詰まらせたカラスの断末魔のような音だった。むしろ喉に悪いんじゃないかと思えたが、結果から言えば、これが効いた。涸れ果てた砂地のようだったコバさんの声に、少しずつ潤いが戻ってきた。

結局、ナンバーの高音の部分だけオクターブ下げることで、その日は乗り切ることになった。奇跡の岡田マジック！

実は歌以上に不安だったのが、コバさんの最後の台詞。設定では、存在の薄い彼の名前を、オケピの仲間は誰も知らない。最後の最後に、コバさんは自分の名前が「佐野」であることを打ち明ける。それがこの作品の「クライマックス」であった。その台詞がお客さんに届かなかったら、三時間半の芝居が水の泡。

本番直前、共演者の瀬戸カトリーヌさんに耳打ちする。「もしコバさんの台詞が聞こえなかったら、間髪入れずに『なに、佐野？　あなたの名前は佐野なのね』と念を押して下さい」。突如として重責を担うことになったカトリーヌ嬢は泣きそうになりながらも、「私にかかっているんですね。分かりました」としっかりと頷いた。

本番では、驚くほどにコバさんの声は復活していた。ソロも、オクターブ下げろと言ったのに、調子に乗っていつもの高さで歌ってしまっていた。それでもきちんと声は出ていた。

そしてラスト。こっちの心配をよそに、彼はいつもの通る声で、自分の名前をはっきりと口にした。袖で見ていたスタッフは、一斉に胸を撫でおろした。舞台上ではカトリーヌ嬢が感動して泣きじゃくっていた。何も知らないお客さんは、名前が分かったくらいで、なにもあんなに泣かなくても、と思ったに違いない。

今となっては笑い話——というわけにはいかない。今回の一件は、プロの現場では決して起きてはいけないこと。コバさんの声が出なかった時の、あの回をご覧になった二千七百人のお客様。小林隆に成り代わりまして、お詫び申し上げます。本当にすみませんでした。

# 出なかったカーテンコール

「オケピ！」は大阪公演千秋楽を迎え、全八十ステージが終了した。白井晃さんはプレッシャーをはねのけ、新しいコンダクター像を作り上げた。天海祐希さんは数々の逸話を残しながら、舞台女優としての底力を見せてくれた。他の役者も皆、素晴らしかった。そして僕はといえば、最後の舞台を袖から見ながら、例によって己の脚本家としての未熟さ、演出家としての力のなさに唖然としていた。「ご謙遜を」と思っている方、そうではないのです。作った本人には分かるんです、自分の至らなさというものが。

東京も名古屋も大阪も、お客さんの反応はとても良かった。しかしそれは、俳優さんの力と、服部さんの曲の力、そしてなにより「ミュージカル」という形態そのものが持っている力のお陰だと、僕は思っている。

千秋楽のカーテンコール。僕はステージには上がらなかった。舞台上でお客さんの拍手を浴びるのは、実は悪いものではない。そこに至るまでに経験した幾多の苦労が、充実感へと昇華する瞬間である。

しかし最近思うのだ。僕は誰のために芝居を作っているのだろう。すべての人を笑わせるコメディーなんて作りようがない。だから、僕は稽古場では、お客さんのことを念頭には置かない。

自分がまず面白いと思うものを作ろうと考える。それから、その作品に関わったスタッフとキャストが喜んでくれるものをと考える。観客のことを考えるのは三番目だ。そんな僕にお客さんの拍手を浴びる資格はないのではないか。
去年（二〇〇二年）、自分の作品の千秋楽が二本重なった時、僕は両方のカーテンコールに出た。どちらの拍手も温かかった。でもその時、気づいたことがあった。この拍手は諸刃の剣なのだ。幸い今は、自分が面白いと思うものと、お客さんがそう感じるものが、あまり離れてはいない。しかしこの蜜月がいつまで続くというのか。笑いに関する僕の感性とお客さんの感性にずれが生じてきた時、千秋楽の幕が下りて客

席から聞こえてくる拍手の音が、力のない儀礼に変わる。それを聞いてきっと僕は平静でいられなくなるに違いない。もっと大きな拍手が欲しいと思った時、僕は僕が本当に作りたいものが作れなくなる。だからそれを最後に僕はカーテンコールに出るのをやめることに決めたのだ。

「オケピ！」の東京千秋楽のカーテンコールの時、僕は、拍手が聞こえない近くの書店にいた。

大阪では、瀬戸カトリーヌさんの「コンダクター！」というラストの台詞を聞いてから、待たせていたタクシーに飛び乗り、大阪駅へ向かった。

「オケピ！」を上演した大阪フェスティバルホールのロビーの壁には、かつてこの劇場で公演を行った世界的アーティストの写真がずらりと並んでいる。千秋楽の前日に行われた打ち上げで、僕らは「オケピ！」の舞台写真をこれと全く同じように額装し、劇場の人に手渡した。さすがにカラヤンの隣には飾ってはもらえず、それは公演の最終日だけ、歴代の有名音楽家と並んでロビーに展示された。今は、劇場のスタッフルームに飾ってあるそうです。

# 頼られる幸せ、かみしめた夜

ホイが退院した。開かなくなっていた右目は、手術のお陰で元に戻った。顔を手で掻かないように、「エリザベス」を着けたホイ。首の周りに取り付ける、朝顔みたいなやつだ。

帰還したホイに対する、我が家の住人の対応は、三者三様。大らかなおとっつあんは、以前と変わらぬ態度で彼を出迎えた。神経質なオシマンべは、普段と違う何かに対して過剰反応するタイプ。顔より一回り大きなエリザベスを着けてうろうろするホイは、彼には刺激が強すぎたようだ。目が合うだけで、背中の毛を逆立て、オシマンべは逃げ回った。

そしてとび。彼自身、二年前に脚の手術をした時に一カ月以上に渡ってエリザベス（彼の場合はバケツを改良したもの）を着けられ、不自由な生活を強いられていた。とびはあの頃の自分を思い出したようだった。慈しみに満ちた表情でホイを見つめると、静かに歩みよって、彼の顔をべろべろと舐めあげた。

久々に揃った三匹の猫と一匹の犬と共に、夜を過ごした。妻はドラマのロケで地方に行ってい

て留守だった。ソファに横になりＤＶＤで「たそがれ清兵衛」を観ていると、ホイがやって来て僕の脇腹で眠り始めた。彼は自分の定位置を忘れてはいなかった。すぐにとびがやって来て、対抗するように僕の股間にうずくまった。やがておとっつあんが僕の胸に顔を埋め、最後にオシマンベが、僕の頭とクッションの隙間にすっぽりと収まった。

　彼らの体温を肌で感じながら、昔はそれほど動物好きではなかったのになあ、と不思議な気分になった。動物と子供はむしろ苦手だった。理由は分かっている。照れ症なので、人に対してすぐに心を開けない。相手が動物でも同じだ。そして彼らは敏感にそれを察知する。だからそもそもこういう人間には寄り付かないのだ。それなのにどうだろう。今彼らは僕の体に密着して熟睡している。僕が心を開いたというより、彼らが僕に慣れたというべきだろうが。

　それにしても、彼らの寝顔には心から癒される。「癒される」というのは、「存在を認めてもらえる」ことだと、テレビで言っていた。「存在を認めてもらえる」というのは「頼りにされる」ということでもある。

僕は元来、「頼り」とは無縁の男。普段から自分のことでいっぱいいっぱいなので、人の面倒を見る余裕がない。しかし今、ここにいる彼らは、間違いなく僕を頼りにしている。これだけ面倒を見ているのだから当然だ。動物の世話は大変だが、彼らの姿は、確実に僕を癒してくれる。

映画はとっくに終わっていたが、僕はその体勢を崩す気にはなれなかった。ちょっとでも動くと、この幸せが飛んでいってしまいそうで怖かったのだ。

リリパット国で国民たちに、がんじがらめにされたガリバーのようであったが、そのまましばらく、幸せを噛み締めていた。テレビのリモコンを取ろうとそっと手を伸ばした瞬間、動物たちは目を覚ました。そして僕のつかの間の幸せは、文字通り、四方へ飛び散っていった。

# 古今東西の「物語」を読んで

大河の執筆が続く。一年も続くドラマを書くのは生まれて初めてだ。今、第十二話を書いている。普通のドラマだと最終回だが、まだ三十七本残っている。

大河を書くに当たって、去年あたりから、古今東西の長編物語を片っ端から読み直している。デュマの「三銃士」「モンテ・クリスト伯」。全然古臭くない。見せ場の連続。これぞエンターテインメント。ディケンズの「オリバー・ツイスト」。凄い。さすが。拍手。僕は読書家ではないので、この手の古典は子供の頃に買って貰ったダイジェスト版で、読んだ気になっていた。改めてオリジナルに触れると、自分自身が物書きになったせいか、つい同業者の視点で見てしまう（ディケンズを同業者と言うのもおこがましいが）。そして彼らの、読者を飽きさせないテクニシャンぶりに、感心を通り越して感動する。

普段は読まない漫画にも挑戦した。小池一夫さんの「半蔵の門」。これも凄い。歴史劇であり、時代劇であり、エロ漫画。ぜひ大河ドラマでやってほしいところだ。

そして浦沢直樹さん。「MONSTER」でまず度肝を抜かれた。この才能は只者ではないと思った。こんなに面白いもの読んだことがない。一番イメージが近いのは、「インベーダー」や「逃亡者」といった、子供の頃に見たアメリカの連続テレビドラマか。

そして「20世紀少年」。まだ完結していないが、発売されている十三巻まで一気に読んで、これまたひっくり返った。前作を上回る展開の面白さ。構成の複雑さ。これだけ凄い物語を作れて、しかも絵も上手だなんて、そんな人間がこの世にいていいのか。

「20世紀～」の主人公たちは、僕と同世代。たぶん作者もそうなんじゃないかと僕は踏んでいる。同じ頃に青春を送った人間でなければ分からない、細かいディテールが描きこまれている。

小学校時代、初めて「大脱走」が二週に分けてテレビで放送され、前編を観て大興奮、後編を自分なりに想像しながら一週間を待ったこと。以前この連載にも書いたが、それとまったく同じエピソードが「20世紀～」にも出てくる。同世代の人間でないと書けない話だ。もし本当にそうだとしたら、僕は彼と同年代であることをちょっと悔しく思い、そして誇りに感じる。

いろいろ読んで分かったことは、長編で大事なのは「物語る力」。その力を持った作品だけに、永遠の命が与えられる。「物語る力」とはつまり読者にページをめくらせる力のことでもある。「20世紀～」を読んでいて、僕は久しぶりに「早く先が知りたくて、ページをめくるのももどかしく」感じる体験をした。

今、僕が目指すのは、「早く次週が見たくて、七日間がもどかしく」感じられるドラマ。そんな魅力的な物語を一年間紡ぎ続けること。こりゃ大変だ……。

それにしても「20世紀～」、十三巻まで読んだ時点で言えるのは、本当に「あれ」の正体は「あれ」だったのか。僕は「あれ」と踏んでいるんだけど。

と、読んでない人には全く意味不明の文章で今回は失礼します。

# 山田洋次監督に教わった話

山田洋次監督の「たそがれ清兵衛」をDVDで観ていて、思い出したことがある。今年（二〇〇三年）の春の日本アカデミー賞の授賞式のこと。僕は優秀脚本賞を頂いた。式が始まる直前、ステージの裏で他の受賞者と出番を待つ。五十音順だったので、隣はなんと山田監督だった。あの「寅さん」で日本中を毎年笑わせ続けた喜劇の巨匠。何か話し掛けようと思ったが話題が見つからなかった。挨拶だけして黙っていると、なんと山田監督の方から声を掛けて下さった。「今度『オケピ！』の再演を観に行きます」。これには恐縮した。

やがて式が始まった。最優秀脚本賞の発表は一番最初だ。パーティー形式の客席は、まだオードブルの皿が配られている頃で、ざわついていた。この式に出席するのは三度目である。その度に思うのだが、脚本賞の発表って、ちょっと早すぎるのではないだろうか。だって僕らが壇上に立った時、客席はまだ落ち着いていないのである。ないがしろにされているようで、なんだか淋しい気持ちになる。

以前、脚本賞のプレゼンターを務めた時、あんまり客席がうるさいので「それでは最優秀脚本賞の発表です」と言うべきところを、「それでは今日のメーンディッシュの発表です」と言ってみた。かなり勇気のいることだったが、僕としては日本映画界に一石を投じたつもりだった。しかし、それすら誰も聞いてなかった。せめて次回からは、最初の料理を配るのを、もうちょっと早めてはもらえないでしょうか。

山田監督に「どうして脚本賞ってこんなに早いんでしょう」と尋ねてみた。監督は微笑みながら、こんな話をして下さった。こっちも緊張していたので、正確に記憶していないが、面白いお話だったので、ここに紹介します。

大衆演劇の世界では、一つのセオリーがあって、お芝居の最初に登場するのは、だいたいが役名のない通行人なのだそうだ。とりとめのない話をして、客席が落ち着くのを待つ。次に出てくるのは長屋のおばあさんたち。まだ本題には入らずに、ここでは天気の話をする（「天気予報」

と言うそうです)。

客席も静まってきたところで、主人公の妹が登場。綺麗どころだ。「ああ、家出したお兄ちゃんは今どこに」みたいなことを言って、客の興味をそそる。そこへようやく主人公が登場、と思ったら大間違いで、今度はやたら声のでかい男が飛び込んでくる。「大変だ、兄貴が帰ってきた。裏の境内でチンピラと喧嘩してるぜっ」

ここで客の期待はいやが上にも高まり、やっと主役が登場するというわけだ。その時はもう、観客はお芝居の世界に完璧にのめり込んでいるのである。

「とすれば、脚本賞というのは、最初の通行人のようなものなんでしょうか」と僕が言うと、監督はニコニコと笑うだけだった。

最優秀賞は、「たそがれ〜」だった。式の帰り、監督の話を思い返して、あの大衆演劇のセオリーは、まさに「寅さん」の構成そのものではないかと、ようやく気づいた。山田洋次監督の作品が人々を魅了する理由の一つが、分かったような気がした。

# 自転車で走り回った京の街

京都へ行ってきた。

「新選組！」の執筆は、近藤勇の青春時代を描く「江戸編」を終え、新選組が結成される「京都編」に入った。この辺りで実際に彼らが活躍した場所を、自分の目で確かめておきたかったのだ。

一日目。スタッフと一緒に行動すると、皆さんが僕に気を使って、こっちも緊張するので、この日は単独行動にさせてもらった。街の空気感というか、距離感をきちんと把握したかったので、タクシーを使わず、駅前でレンタサイクルを借りる。

驚くほどに小さな街だった。新選組に縁のある場所を、二条城、京都御所、金戒光明寺、西本願寺と一通り回ってみたが、移動にかかる時間は、どこも自転車で十分ほどだった。走っている感覚で言えば、東京ディズニーランドをちょっと広げたくらいか。こんなに狭い地域に、近藤勇や土方歳三や坂本龍馬や桂小五郎や鞍馬天狗（？）がひしめき合っていたとは。絶対に彼らは道端で出会っていたはずだ、と確信する。

ディズニーランドに行かれた方はお分かりだと思うが、あそこを一日うろうろしていると、ファンと写真を撮っているミッキーやドナルドに、必ず一度は遭遇する。幕末の京都もひょっとするとあんな感じだったのではないかと、ふと思う。あっちの角では桂さんが立ち話をし、こっちのそば屋では龍馬が天ぷらそばを食べている。とすれば新選組は、ディズニーランドの警備員さんか。

　有名な池田屋跡にも行ってみた。京都を焼き払おうとしている討幕派を捕縛するため、彼らの集合場所に新選組が踏み込んだのが、池田屋騒動。この時、事前の情報では会合が行われるのは四国屋ではないかという噂もあり、近藤は大部分の隊士を土方と共に四国屋へ行かせて、自分は六人だけで池田屋に向かったといわれている。

　四国屋に到着した土方たちは、それが偽情報であったことを知り、急いで池田屋へ向かうが、近藤たちはそれを待たずに、わずかな人数で踏み込んでしまう――というのが、僕のこれまでの認識だった。そういう風に描いた映画やドラマも多かったと思う。

ところが実際に行ってみると、池田屋と四国屋は目と鼻の先。どうして近藤は、土方たちを待てなかったのか。急ぐ理由があったのか、それとも実際は四国屋ではなく、もっと遠いところの店だったのか。それともこの説自体が間違いなのか。こういった疑問は、現地に行ってみないと出てこない。取材旅行の大事なところだ。まあ、行ったせいでどんどん分からなくなって、書けなくなったら意味ないいんだけど。

自転車で京都の街を疾走していると、タイムスリップした気分になる。二条城から京都御所へ向かう道すがら、ママチャリが名馬のように思えてきた。サドルから腰を浮かせ、荷台を馬のおけつに見立てて、「はっはっ」と鞭を入れる真似をしながら走れば、気分は完全に幕末のお侍。馬にはペダルがないので、漕いでいる感じがいまひとつ馬っぽくなかったが。ママチャリを馬のように乗りこなし、路上をひた走る男の姿を、京都市民はどのように見たのか。

# 近藤は「努力」の人だった?

京都の二日目。この日はスタッフと合流して、まずは新選組の屯所（寮を兼ねた事務所）があった八木邸を訪ねた。今はちょっとした観光地となっていて、ガイドさんが、と言っても話好きなおじいさんといった感じだが、家の中をいろいろ案内してくれて、この辺りに近藤が寝ていたとか、初代局長の芹沢鴨は、この部屋で殺されたとか、その時、この机に蹴つまずいて、この角度から斬られたとか、臨場感たっぷりに話してくれる。

ご老人の話なので、あたかも彼が現場にいたかのような錯覚に陥るが、この人はもちろん幕末にはまだ生まれてもいない。

その方に限らず京都のご老人は、皆さん、歴史上の有名人をまるで隣近所の人のように語る。それだけ歴史が身近なのだろう。そういえば、京都の人が「こないだの戦争」と言うと、それは応仁の乱のことだという話を聞いたが、本当だろうか。

八木邸の向かいにある旧前川邸にも行ってみた。こちらも新選組隊士が寝泊まりしていた場所。

今は民家なので一般公開はしていないらしい。新選組のドラマをやるということで、特別に見せて貰った。
　隊士が切腹した部屋に案内された。今は子供部屋になっていて、恐らくこの辺りで腹を切ったと思われる場所のすぐ脇に、小学生用の机が置いてあった。ここで勉強するのはさぞ怖いだろうと、机の持ち主に同情したが、家の人の話では、全然気にしている様子はないという。京都で暮らす少年少女の凄みを感じた。
　以前、近藤勇がこの前川邸の部屋の戸に、「努力」といたずら書きをしたという話を読んだ時、近藤勇という人間像がはっきり見えた気がした。その文字が今も残っていると聞いていたので、見るのが楽しみだった。
　端っこの方に書いたのかと思っていたら、実際はかなりでかかった。小学生が習字の時間に書くくらいの大きさ。堂々とした文字だった。お家の人に、近藤は戸をはずして床に置いて書いたのか、それとも立っている戸に膝を突いて書いたのかと尋ねたら、そこまでは知りませんと言われた。

同行した美術スタッフの岡島さんが、文字の数箇所に墨がやや垂れているのを発見し、おそらく立てたまま書いたのだろうということになった。後でお家の方に聞いた話では、今まで何人もの作家の方が訪ねてきたが、近藤がどういう体勢で書いたか質問されたのは初めてだったそうだ。小説家と違って、僕たち映像の人間は、すべてを具体的に表現しなければいけないので、まずビジュアルで考えるのだ。

このシーン、ぜひドラマで再現したいと思っているが、実を言うといたずら書きは、近藤が書いたのではないという説もある。「努力」と一緒に「発展」とも書いてあるのだが、この「発展」という言葉が当時はまだなかったらしいのだ。それでも僕は彼が書いたと思いたい。希望に燃えて京都にやって来て、夜、一人戸の前にひざまずき、流れる墨を気にしつつ一生懸命「努力」と書いている近藤青年。なんともいじらしいではないですか。

# 三人でドラマを書くことに

ＮＨＫで今年（二〇〇三年）の暮れにオンエアされるテレビ放送五十年の記念特別番組は、僕と野沢尚さんと大先輩倉本聰さんの三人がリレー形式で一つの物語を書く、オムニバス形式の連続ドラマだ。

あれはもう一年以上前のことになる。僕ら三人は、ＮＨＫの会議室で、初めて顔を合わせた。自分以外の脚本家を生で見る機会がないので、あの倉本聰が、あの野沢尚が目の前で動いているのを見るのは、かなり新鮮で、刺激的だった。

物を書く人間には独特のオーラがある。例えば長嶋茂雄を頂点とするスポーツ選手の陽性のオーラとは正反対の、内に向かって放射されている地下マグマのようなオーラ。一見、アウトドアっぽい倉本大先輩でさえも、どこか「イン」で「陰」だ。

ちなみにこれが同じ物書きでも、ケラさんや別役実さんといった劇作家だと雰囲気がまるで違うのが面白い。劇作家の皆さんはどこか暢気で、どっちかといえば「陽」である。テレビのライターに見られる、修羅場を潜り抜けてきた凄みのようなものがない。どこか浮世離れしているのだ。別役さんは路上でついティッシュ配りの人からポケットティッシュを貰ってしまいそうだが、倉本さんは、はっきり拒絶する感じがする。その違いである。これ、あくまでもイメージです。

去年の今頃、僕ら三人はホテルに集まって、どんな物語にするか、ミーティングを重ねていた。

倉本大先輩を目の前にすると、やはり緊張した。ご本人は、「俺はいつも新人のつもりでいるから、遠慮しないでぶつかってくれ」と謙虚におっしゃっていたが、見た目が怖いし、あのえぐるような目玉で見つめられて遠慮するなと言われても、そんなの無理である。とことんぶつかって、時には殴り合って、そして最後は皆でおいしい酒を飲む——、どうやら大先輩はそんなタイプらしかった。ぶつかるくらいなら自分を曲げる、僕のような軟弱男には、正直ちょっと苦手な相手ではあった。

野沢さんの第一印象は「気難しい赤ちゃん」。よくよく見ると童顔だが、深刻そうな表情が印象的だ。倉本大先輩も野沢さんも企画会議で自分の思いをかなり主張されるので、びっくりした。僕はそういう時はほとんど発言をしない。というか、出来ない。そもそもドラマを作る時に、テーマは何かといった討論などしたことがないのだ。感心しながら二人の話を聞いていると、倉本さんから「もっと主張しなさい、君は卑怯だ」と叱られた。縮み上がった。そして困った。普段は、あの役者にあの役をやらせたら面白いぞ、みたいなところからストーリーを考えるので、急にテーマと言われても弱ってしまうのだ。結局発展的な意見は一言も言えなかった。

野沢さんが書いてきたプロットには度肝を抜かれた。何という完成度だろうか。まるで短編小説だ。文章力のない僕は、まずプロットは作らない。プロットを書くだけで疲れ果て、その話に飽きてしまうからだ。

お二人の仕事ぶりを見ながら、脚本っていろんな書き方があるんだなあと、感動してしまった。それは小学校時代に同級生が洋式トイレで逆向きに座っているのを目撃したのと同じ感動だ。

# 僕は「中継ぎ」が好きです

前回の続きです。野沢尚さんと倉本聰大先輩と僕の三人で競作することになった、ＮＨＫのスペシャルドラマ。

誰がどのパートを受け持つかを決める会議。全部で六話、一人につき二話。一番大変なのが最終話だということは、口にはしないが誰もが分かっていた。それぞれの作家が書いたエピソードを有機的に完結させなくてはならない。全体を流れるテーマも、そこではっきり打ち出す必要がある。ここはやはりベテラン倉本大先輩に締めてもらおうということになった。

問題は第一話だ。なんといっても先頭バッター。一回目が面白くなければ、視聴者は六夜も続けて観てくれない。もっとも大事なパートだ。プレッシャーは大きいが、それだけやりがいがあるとも言える。ここも倉本さんとなると、えぐるような目玉の大先輩に対してそれはあまりに気を使いすぎというものだろう。となると順当に考えて、野沢さんか僕ということになる。はっきり言って書きたくなかった。野沢さんが立候補してくれないかなあと思っていた。といっても、

それは遠慮とは違う。

人にはそれぞれ特性というものがある。ピッチャーにも先発、中継ぎ、抑えがあるように。

この仕事を頂いた時、僕は企画書に並んだ三人の脚本家の名前を見て、自分の役割が「中継ぎ」であることを直感していた。

僕の書いてきたドラマは、どれもが変化球だ。だから演劇の世界から入って来て以来、十年経ってもテレビ界ではいまだに外部の人間だ。

テレビ放送五十年を記念して作られるこのドラマ。現代を代表する気鋭の脚本家（野沢）が先陣を務め、一時代を築いた大御所（倉本）がトリを飾る。合間に箸休めで変わり者（僕）が顔を出して盛り上げる。これ以外の順番はあり得ないでしょう。

そしてなにより、僕は中継ぎが大好きなのである。派手さはないが、実は結構大事な役割だ。視聴者の興味を持続させ、バトンを次に渡す。いぶし銀の職人技といえるだろう。重圧をはねのけて頑張る先発や、大きな期待をもって迎えられる抑えのピッチャーもカッコいいが、僕はやはり地味だけど着実に仕事をこなす「中継ぎ」に憧れる。

野沢さんが、なんとなく先発をやりたそうな顔をしているのは分かった。だが僕に気を使っているのか、なかなか自分からやらせて下さいとは言い出さない。仕方がないので、僕は第二話をやりたいと自分から名乗り出た。ところがプロデューサーは、僕の方が遠慮したと思ったらしく、結局、あみだで決めましょう、ということになってしまった。嫌な予感がした。僕は驚くほどくじ運がないのだ。案の定、第一回目を引き当ててしまった。野沢さんの顔に「くそっ」の文字が一瞬過《よ》ぎったのを、見逃さなかった。すかさず「お願いです、替わって下さい！」と直訴した。

最終的に全六話は、野沢→三谷→倉本→三谷→野沢→倉本の順で落ち着いた。見事に僕は中継ぎ要員としてのポジションを確保。ＮＨＫの人たちは、「この人は本当にこれでいいのだろうか」と、不思議そうな目で僕を見ていたが、もちろん、これでいいのである。

年末のオンエアをお楽しみに。最高の中継ぎをご覧に入れます。

# スポーツジムに通い始めて

ジムに通い始めた。週に一回、一時間。それでも僕にとっては大きなチャレンジである。なにしろ四十二になる今まで、運動らしい運動はほとんどやって来なかったのだから。

最近は一日中、パソコンの前に座っている。家と仕事場の往復で終わる一週間。犬の散歩には行くが、これでは極端な運動不足だ。

そんな時に知り合いから紹介してもらったスポーツジム。珍しくやってみようと思ったのは、つまりはそういう理由からだ。ダイエットするつもりもないし、この歳でムキムキになろうとも思わない。あくまでも、ストレス発散と運動不足解消のためである。四十代になって、途端に疲れやすくなった気がする。基礎体力もこの際付けておきたいところだ。

そのジムは、それぞれ専属のトレーナーの方がついて、細かくアドバイスをしてくれる。僕の担当は池澤さんという女性だ。小柄だがハキハキと物を言う、体育会系漫才師といった感じのパワフルな人である。

彼女の指示の下、様々なトレーニングマシンを順番にこなしていく。なにしろ生まれて初めての筋トレである。バーベル一つ持ち上げるにしても、足をどう置いて、どこに重心を掛けるか、何ひとつ分からない。説明を聞いていると、こっちも緊張しているものだから、だんだん頭がパニックになってくる。普段使わない頭を使って、普段動かさない体を動かす感じである。

瞬時に右足と左足の区別もつかなくなる。右足を引いて左足を出さなくてはいけないところを、出ている右足をさらに前に出して、つんのめりそうになる。池澤さんは、僕がどんなにとんちんかんな動きをしても、明るく笑い飛ばし、保母さんのように優しくアドバイスしてくれる。それはトレーニングというよりは何かのリハビリのような光景だ。

だが、やってみて分かった。トレーニングはきついが、体を動かすのは、意外と楽しいものですね。なにしろジムにいる間だけは仕事のことが頭からすっ飛ぶ。気分転換には最適だ。また普段の生活の中で、いかに自分が「我慢」をしなくなっていたか、改めて再認識出来たのも収穫であった。苦しいことから逃げ、とかく楽な方へ楽な方へと流れていた四十二歳の自分。ダンベル十回持ち上げた後の「あと三回」という池澤さんの声が、それに気づかせてくれた。感謝。

ある日、全科目をクリアする直前になって、突然目まいと吐き気に襲われた。ちょっと本気で死ぬかと思った。隅のマットの上で横になっていると、池澤さんが心配げに言った。「三谷さん、トレーニングしながら呼吸してなかったでしょう」

そういえば、緊張のせいか、長らく息をするのを忘れていた。軽い酸欠になったらしい。深呼吸をすると、体に空気が流れ込むのが分かった。

ジムに行った日は、心地良い疲労感で十時間は眠ってしまう。もちろん仕事にならない。翌日は丸一日、筋肉痛。やっぱり仕事にならない。

はたしてこのジム通い、吉と出るか凶と出るか。

# 変わるか、筋肉に縁のない体

ジム通いが続いている。実を言うと、スポーツジムには十年ほど前にも、半年ばかり通ったことがある。Tシャツの似合う脚本家になるのがその夏のテーマだった。

学生時代、体育の時間が大嫌いだった。運動音痴だから運動が嫌いになったのか、運動が嫌いだから運動音痴になったのか、今となっては定かではない。はっきりしているのは、人と競い合うのが苦手だったということ。どんな勝負でも、勝とうという意欲が湧かなかった。向こうがそんなに勝ちたがっているんなら、勝たせてあげようと素直に思う子供だった。闘争心がない人間にスポーツは無理である。個人競技も「自分との戦い」が駄目だった。人にも甘かったが、自分にも甘かった。

成長期に、まるで運動というものをやらなかったので、僕の体はまったく筋肉と縁がない。しかもなで肩なので、Tシャツを着るとえらく貧弱に見える。そこで三十歳を過ぎた頃、一念発起してジムに通い始めたのだった。しかしあの時は、ほとんど毎日サウナに入っただけでやった気

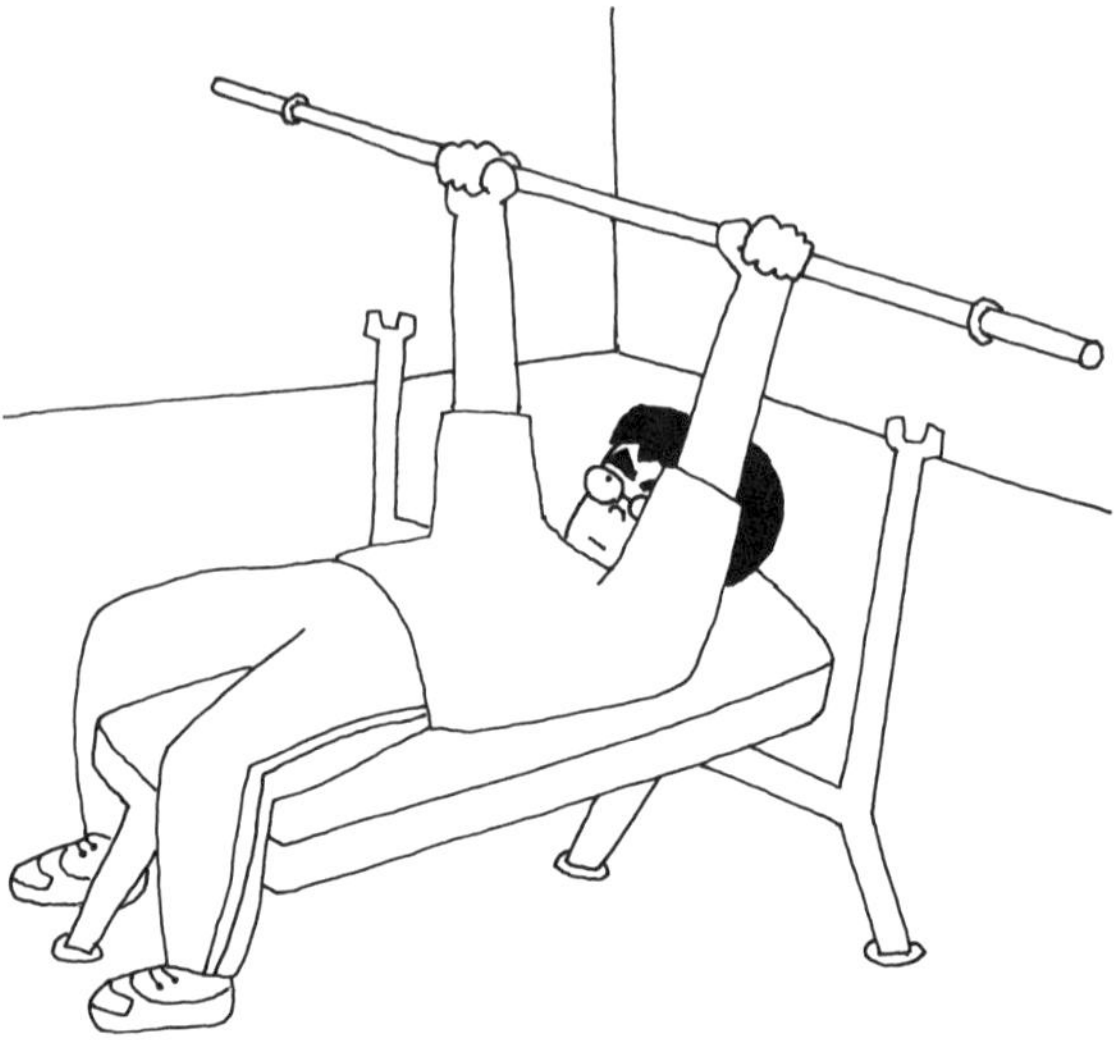

になり、結局、何の効果もなくやめてしまったのを覚えている。

そして十年の歳月が流れる。

通い始めて一カ月になるが、鏡の前でバーベルを持ち上げるのは、未だに慣れない。お尻を不思議な形に後ろに突き出すのだが、これが驚くほど照れくさいのである。しかも目の前は一面の鏡。嫌でも自分の姿が目に飛び込んでくる。

普段でもあまり鏡を見ないのに、ここの鏡の中の自分は、必死になっている自分だ。お金を積まれても見たくない顔。もちろん見たほうが、フォームが矯正出来て、いいのは分かっている。ジムの鏡は、ナルシさんのためだけにあるのではないのだ。分かってはいるが、どうしても伏し目がちになってしまう。一度、勇気を出して見てみたら、久々に間近に見た鏡の中の自分の顔は、仏壇に飾ってある父親の写真にそっくりだった。それでまた見る気がうせた。

仰向けになってバーベルを持ち上げる奴（ベンチプレス）も苦手。あまりに腕の力がないので、重り（?）を一つもつけず、心棒だけで上げ下げしている状態だ。屈辱。若い女性が、いくつも重りを付けてやっている中での醜態だ。小学校時代、自転車になかなか乗れず、自分だけいつまでも補助輪が付いていた。あの時の悔しさを思い出した。でも出来ないものは仕方ない。そして心棒だけでも十分重い。

もちろん、シュワルツェネッガーになりたいわけではない。三島由紀夫先生のように自慢の裸体を写真に残そうとも思わない。あくまでも僕のは気分転換と運動不足の解消が目的だ。

最近は疲れて仕事にならないと困るので、トレーニングの後、筋肉をほぐしてもらう「トリートメント」を受けている。「あいつ、心棒のくせにマッサージまで受けてるぜ」と言われたって構わない（誰も言ってないが）。あくまでも僕のは、能率よく仕事をするための、ジム通いなのである。

とはいえ、トリートメントの係の方に体をもんでもらいながら、「三谷さん、筋肉が育って来ましたね」と言われると、それはそれでちょっと嬉しかったりする。

# コンビニで「思い出し怒り」

思い出し笑いがあるように、思い出し怒りというものも世の中にはある。

コンビニエンスストアに行くと、必ずある雑誌が目につく。そしてその度に、あの時のことが思い出され、僕は人知れず、むかつく。

「ＨＲ」のオンエアが終わった頃のことだ。その雑誌にドラマの辛口の批評が載った。自分の作品が批判されるのは、当然だが気持ちのいいものではない。その雑誌は昔から僕の作品には厳しかった。この時も番組を振り返って「登場人物の中に感情移入出来るキャラクターが一人もいなかった」とあった。僕自身は決してそうは思わなかったが、活字でそういった文章を見せられると、かなり落ちこむ。

しばらくして、別件でその雑誌の取材を受けた。インタビューが始まる前、記者の一人が古い号を僕の目の前に差し出した。開いたページは例の批評のコーナー。意図がよく分からなかったが、こっちは全然気にしていない風を装って、「読みましたよ」と明るく言った。懐の深い男を気取ってみたわけだ。記者の中にはその文章を書いた人もいた。若い女性だった。彼女は言った。
「始まる前は期待していたんですけどねぇ。途中で観るのやめちゃいましたよ。うちのデスクの人間は、全員、途中でやめました」

この瞬間、僕は懐の浅い男になり下がった。つまり思いっきりむかついたわけだ。もちろん最後まで興味を引っ張れなかったのは僕の責任である。途中で観るのをやめたというのも立派な批評である。しかしその時は、「途中でやめた」とはっきり示すべきではないのか。最終回まで観ていないのに、総括されてはたまったものではない。

それよりも腹が立ったのは、そもそも、この人たちはなぜ取材の前にこの批評を見せたのか。そしてなぜそんな話をするのか、しかもすこぶる明るい口調で。僕をムッとさせていいことあるのか。想像だが、たぶん僕が腹を立てるとは思わなかったのだろう。でもそれは決して僕を

「度量の大きい人」とかいかぶったわけではないと思う、彼女は、自分の文章が人に与える影響について無自覚なだけではなかったのか。そうでなければ、普通の感覚では、これから取材をしようという相手に、わざわざあんなことを言うはずがない。取材相手に対するその無神経さが僕には無性に腹立たしかった。

僕が明らかにむかついているので、彼女たちは「しまった」という顔をしていた。こっちも大人なので、その後、取材はきちんとこなした。再び懐の深い人を装ったわけだが、内心は二度とその雑誌の取材は受けないようにしようと思ったし、コンビニで立ち読みするのもやめようと心に誓った。

それから半年。未だにコンビニでその雑誌を見る度に、その日のことを思い出す。それが悔しい。気がつくと、あの時の会話を丁寧に頭からなぞっている自分がいる。まったく無駄な時間である。そして、そのまったく無駄な時間を過ごしてしまったことに対して、さらにまたむかつく。

つまり、思い出し怒りというものは、何一ついいことがないのである。そのことに行き当たった時、僕はまた余計にむかつくのだった。

# 人物を生き生き描く秘けつは

初めて新選組を知ったのは、小学生の時に読んだ漫画「冗談新選組」。その作者みなもと太郎さんに、お会いする機会があった。

あまり漫画には興味を示さない少年だったが、みなもとさんの作品だけは欠かさず読んでいた。子供の頃から群集劇が好きだったこともあり、脇のキャラクターが活躍するみなもと漫画はどれも僕を魅了した。

彼の作品は、描かれるキャラクターの顔が決まっていて、どの作品にも同じ顔の人が登場する。例えば沖田総司は、「レ・ミゼラブル」ではマリウスを「演じて」いる。現在連載中の「風雲児たち」ではなんと吉田松陰だ。毎回お馴染みの顔がいろんな役で出て来るので、読者としてはどこかの劇団の追っかけをしているみたいで、それも楽しかった。

その「風雲児たち」。想像を絶する大河歴史漫画だ。既に連載は二十年を超えている。無数の登場人物がどれも人間味に溢れていて、人名辞典でしか知らなかったような人たちが、皆さん、

とても生き生きと描かれている。

御本人に会ったら、ぜひとも聞いてみたいことがあった。味気ない歴史の資料から、どうすればあんなに魅力的に人間を描くことが出来るのか。大河ドラマを書く上で、なんとしてもその秘密が知りたかった。

初めてお会いしたみなもとさんは、イメージより遙かにお若かった。ということは「冗談新選組」の頃は二十代の前半だったことになる。

僕の質問に対し、みなもとさんは、照れ臭そうに腕を組んで、それは漫画というのが大きいんじゃないかな、とおっしゃった。

つまりはこういうことだ。漫画であるからにはコマごとに、人物の顔を描かなければならない。それは手間のかかる作業だが、実はその手間が大事なのだ。ひとコマひとコマ描いている間に、彼らに感情移入していく。そして資料の裏に隠れた、彼らの思いを掬い取っていくのだ。

なるほどと思った。そして大河を書く上でまったく参考にならないぞ、と思った。ただ、みなもとさんの話はとても納得できる。シナリオの場合は、台詞の前にそれが誰の言葉かを示すために、いちいち発言者の名前を表記する。今はパソコンを使っているが、単語登録という機能があって、予めインプットしておけば「こ」のキーを押すだけで「近藤」が出て来る。手書きの時に比べれば遙かに楽になった。

しかし改めて思い返すと、一つ一つ名前を手で書いていた時の方が、僕は登場人物たちにより感情移入していたような気がするのだ。名前を書き込む間に、知らず知らずのうちに、その人物の気持ちになっていた。「こ」のキーを押すのに掛かる時間は〇・五秒。「近藤」と書くのは十秒。しかしこの十秒が大事だったのである。

みなもとさんのお話を聞いてから、僕は単語登録をやめた。ちょっと面倒だが、いちいち「こんどう」と打って「近藤」に変換させるようにしている。

来年（二〇〇四年）の大河ドラマは、「風雲児たち」にどれだけ近づけるかが、僕のテーマだ。

# 歌舞伎の面白さに興奮した！

歌舞伎座に「野田版　鼠小僧」の千秋楽を観に行く。一昨年（二〇〇一年二月）の「研辰《とぎたつ》の討たれ」に続き、野田秀樹さん作・演出の新作歌舞伎だ。

結論から言えば、またしても大興奮であった。六月に観たコクーン歌舞伎「夏祭浪花鑑《なつまつりなにわかがみ》」の時も感じたが、歌舞伎の持っている、この高揚感というのは、一体何なのだろう。つまらない舞台はつまらない映画よりつまらないが、面白い舞台は面白い映画より面白い、というのが僕の持論。「夏祭」も「鼠小僧」も、紛れもなく、僕が今までに観たどんなに面白い映画よりも遥かに面白く、わくわくさせられた。

串田和美さん演出による「夏祭」では、無数の捕り手から逃げる勘九郎・橋之助コンビに、心から「捕まりませんように」と祈った。かつての「8時だヨ！　全員集合」で、着ぐるみのクマが背後に迫っているのに気づかない志村けんに対して、「志村、後ろ！」と絶叫する、会場の子供たちと同じ心境だ。

舞台の奥の壁が割れて、本物の渋谷の夜景が現れ、その中に吸い込まれるように逃げていく二人の後ろ姿は、それだけで感動的だった。本物のパトカーまでもが登場するけれん味たっぷりの演出には、もう拍手喝さい。普通、スタンディングオベーションというのは、「立とうかな、でも恥ずかしいな、どうしようかな、よし、立っちゃえ」という感じだが、あの時ばかりは、立ち上がろうかな、と思った時には、もう立ち上がっていた。

そして今回の「鼠小僧」。またもや逃げまくる中村勘九郎！　舞台一面に作られた屋根屋根屋根。そこを勘九郎が駆け回る。舞台の奥の奥まで逃げて、客席から見るとものすごく小さくなって、米粒みたいになって、それからまた走って戻ってくる。それを地上から全速力で追う勘太郎さんの岡っ引き。スピードが付きすぎて目標の場所で止まりきれず、必ず最後にスーッと滑って行くのが、たまらなくおかしい。

何なんだこの楽しさは……。冷静になって考えてみた。一つには間違いなく、作り手側の「観客を楽しませよう」という意気込みのなせる業だ。それは意気込みを通り越して凄みですらある。「首が飛んでも笑わせてみせらあ」という気迫である。

もう一つは、つまりはそれが歌舞伎という古典芸能が持っている底力なのではないか。人情の機微に通じた作劇術から、観客が「格好いい」と感じる役者の所作に至るまで、長い年月をかけて練りこまれ、研ぎ澄まされてきた技の数々。こちとら伊達に四百年もやってねえぜ、という気概。

もちろん、「夏祭」は串田さんという才能ある演出家によって、現代の観客に受け入れられるよう、巧妙にアレンジが施されていたし、「鼠小僧」は有名な義賊をモチーフにした野田さんのオリジナルだ。しかしその根底には、歌舞伎の伝統がきちんと流れている。彼らは先人たちが築いた世界を決して逸脱しない。あくまでもそれを踏まえた上で、遊びまくる。だから素晴らしい。

こうなったら断言するが、面白い歌舞伎は、面白い現代劇より面白いのである！

# 「王様のレストラン」の再会

僕が「王様のレストラン」というドラマを書いたのは、今から八年前のこと（一九九五年）。今回、ＤＶＤ化されるに当たって、出演者が久々に揃った。松本幸四郎さんをはじめ、山口智子さん、鈴木京香さん、小野武彦さん、（以下敬称略）筒井道隆、西村雅彦、梶原善、白井晃、田口浩正の面々。僕らは、数回に分けて、副音声としてＤＶＤに収録される座談会を録音した。善はこのためにわざわざアメリカから一時帰国した（本人は来日だと言っていたが）。

「王様のレストラン」を書いた時、僕はドラマ作家としてはまだ駆け出しだった。フジテレビの石原隆さんから最初に言われたのは「がんばれベアーズ」のフレンチレストラン版。そこで落ちぶれたかつての有名レストランが、苦難の末に再生する物語を考えた。キャスティングにも参加し、伝説のギャルソン役は松本幸四郎さんしかいないとプロデューサーにお願いした。幸四郎さんに出演交渉をしに国立劇場の楽屋にお邪魔した日のことは、今もはっきり覚えている。

それは奇跡のような作品だった。スタッフ、キャストのそれぞれの思いが、一番いい形で結実

したドラマだったような気がする。当時は経験が浅かったために、僕はそれが当たり前のように思っていた。そしてそれから八年をかけて、すべてがうまくいくドラマなんて、ほとんどないということを、いやというほど思い知ることになるのだが、それはまた別の話。

座談会はまるで同窓会のように盛り上がった。幸四郎さんは物真似まで繰り出して、お茶目な一面を披露した。皆、ドラマのシーンを見ながら、撮影時の裏話を昨日のことのように語ってくれた。

善は、自分の出たドラマの中で唯一未だに観返す作品だと教えてくれた。智子さんは、八年ぶりに観て、「いいドラマだよねえ」と真剣に語った。京香さんは「楽しかった」としみじみつぶやいていたし、西村は「あの時の俺は確かに輝いていた」と真顔で言った。筒井君は内容に関してはほとんど覚えていなくて、周囲の顰蹙を買ったが、それでも楽しかったことだけは忘れていなかったようだ。

人に幸せな人生と不幸せな人生があるように、テレビドラマにも幸せな作品とそうでないものがある。作っている時から、なんだか楽しくて、オンエアされて八年経っても、人々の記憶に残る作品。「王様のレストラン」は間違いなく、幸せなドラマだ。

さてコメンタリーの収録の間、誰もが口にしたのは、この場にあの男がいればもっと盛り上がるのに、ということだった。そいつは、本来なら、もっともこういう時に活躍するタイプだった。機転が利いて、頭の回転が速くて、皆の話をうまく盛り上げて、そして上手にまとめてくれる男。ドラマでは、気のいいギャルソン和田君を演じていた。

伊藤俊人が死んだのはもう一年と四カ月前だ。まめな性格の彼は、よく「王様〜」のメンバーと連絡を取り合い、皆を集めて芝居を観に行ったり、飲み会を企画したりしていた。このＤＶＤが出て一番喜んでいるのは、ひょっとしたら彼かも知れない。

## そうそうたる「大河」顔合わせ

「新選組！」の顔合わせが行われた。信じられないほどの人がリハーサル室を埋め尽くしていた。当然である。主なキャストだけでも五十人を超えるのだ（当日は三十人ほどが出席）。スタッフの数も半端ではない。これだけ大規模な顔合わせは見たことがなかった。

一人一人が挨拶するだけで一時間は優に超えた。「大河の主役をやるなんてまだ信じられません」とは近藤勇役の香取慎吾さんの言葉。勝海舟役の野田秀樹さんはテレビドラマ初出演。「自分は二十歳の時に手相を見てもらって、大器晩成だと言われました。たぶん、このことだと思います」。二十代の頃から日本演劇界をリードしてきた人だからこそ言えるジョークだ。

そして栗塚旭さん。僕も含めてある年代より上の人にとって、土方歳三といえば、間違いなくこの方の顔が浮かぶのではないか。ドラマ「新選組血風録」「燃えよ剣」などで土方を演じ、一大ブームを巻き起こした。今回は、歳三の歳の離れた盲目の兄為次郎で出演される。若き近藤や土方に大きな影響を与える重要な役だ。

為次郎を栗塚さんが演じて下さったら、どんなに素晴らしいだろう、とプロデューサーと話したのは去年（二〇〇二年）の秋。実現すれば、全国の「栗塚」ファンに最高のプレゼントになるのではないか。しかし栗塚さんは最近はドラマにはほとんど出られていない。ダメ元でスタッフが京都まで会いに行った。台本を読んだ栗塚さんは快く出演を了承して下さった。

元祖土方歳三は、とても温厚な紳士だった。声を掛けてくれたことを感謝しますと、控えめなご挨拶。新選組隊士を演じる小林隆の話では、かつら合わせの時に「井上源三郎を演じさせて頂きます」と挨拶すると、栗塚さんは「源さんはねえ……、鳥羽伏見の戦いで亡くなった時、満足に葬ってやれなくて申し訳なかった」としんみりされていたそうだ。「この人は本物の土方だ」と小林は鳥肌が立ったという。

出演者の中でもっとも大河経験の多いのは石坂浩二さん。その石坂さんのスピーチ。「こんなに若い座組みの大河は初めてです」

確かに見渡せば、そこにはアイドル、ミュージカル俳優、歌舞伎役者、小劇場出身、モデル出身、芸人、落語家と、あらゆるジャンルから、若手と呼ばれる人たちが集まっていた。

四十年近く前に大河ドラマがスタートした時、映画界、新劇界、歌舞伎界から当時のスターが大集結して話題となったという。一つの物語を一年掛けて描くというのは、テレビだけの特権、映画でも演劇でも不可能なことだ。そしてその時代を代表する俳優たちが一堂に会する、それが「大河ドラマ」の醍醐味であった。

多少は今様になったけれども、その伝統は、きちんと受け継がれていることを、僕は集まった俳優さんたちを見ながら思った。

というわけで「新選組！」、いよいよ始動です。子供の頃から熱心に観ていた大河。そのホンを僕が書いている。未だに信じられないのは、香取さん、あなただけではない。

# 気分転換の餃子作りは成功？

その日、妻は仕事で一日中出かけていた。僕は自宅で朝から原稿書き。さすがに夕方になると疲れてきたので、気分転換を図ることにした。こんな時は、料理を作ることに決めている。妻に電話し、晩御飯は僕に任せてくれと告げる。そして初めての餃子作りに挑戦。

気分転換に餃子というのはちょっとハードすぎるとお思いの方もあろう。餃子を作ろうと思ったのは、数日前にグッチ裕三さんがテレビで紹介していたから。僕の心の料理の師グッチさん。具はレタスとチーズとツナ缶のみ。どれも買い置きがあったのも、創作意欲が湧いた理由の一つだった。スーパーで餃子の皮だけ買ってくる。椎茸も刻んで入れようかと一瞬思ったが、危ない危ない、グッチ師の料理は勝手に一工夫してはいけないのだ。手間が掛からないだけに、その一工夫が味を大きく変えてしまう。

作ってみて分かったが、餃子って具を詰めるのがずいぶん面倒臭いんですね。そういえば料理愛好家の平野レミさんが考案したオリジナル餃子は、この煩わしさを解消するため、皮をゆで、レンジでチンした具の上に乗せて食べるという、発想の転換から生まれた作品だが、そうしたい気持ちがつくづく分かった。

さらに難しいのは具の配分だ。メモを取りながらテレビを見ていたわけではないので、分量はすべてイメージだ。ボールの中の具は最初から多過ぎる気はしていた。加えて元来の控えめな性格。少しずつ皮に包んでいったところ、十個めを過ぎたあたりで、具の総量が少なく見積もってもあと五十個分はあることに気付いた。人間、いくらなんでもそんなには食えない。途中から一個の具の量を増やすことにした。徐々に具が増えていき十五個目からは、小銭が貯まってパンパンになったお財布みたいになった。

しかし二十四枚の皮を使い切った時点で、具はまだ半分も消化されていないという非常事態。このままでは間違いなく妻に叱られる。もっと考えて作りなさいよと、料理を作る度に言われているのだ。しょうがないので、その場で食べることにした。具にポン酢醤油を掛けて一気にたい

らげた。火を通さなくても食べられる具だったのが幸いした。

苦労の末に完成した二十四個の餃子。うち一個は、目を離した隙に猫のおとっつあんがかじったので処分した。残りの二十三個を焼いている間に、妻が帰宅。

妻の皿に十一個の餃子を並べる。形のいいものを選りすぐったベストイレブンである。あくまでも目的は僕の気分転換なので、その日のメニューは餃子だけ。ご飯なしの副菜なし。これ以上の作業は、疲労を伴い仕事に支障をきたすのだ。目の前に並んだ餃子を前に、一瞬「これだけ?」という表情を見せていたが、妻はあっという間に完食してくれた。他に食べるものがなかったことを差し引いても早かった。評判は上々。後片付けはやってくれるというので、僕は部屋に戻り仕事を再開した。

とりあえず気分転換としては大成功だった。しかし、夫の気まぐれに付き合わされる妻にとっては、いい迷惑かもしれない。餃子オンリー。極端な偏食ではある。この場を借りて礼を言います。だから、仮に妻がやっぱり餃子だけでは足りずに、その後、台所でそっと何かを食べていたとしても、感謝の気持ちは少しも変わらない。

# 普通でおかしい、ミチコさん

僕ら夫婦は、極端に友達付き合いが悪い。結婚した時に「人が寄り付かない家庭を築きたい」と取材で答えたが、本当に築いてしまった。そんな僕らが今、唯一家族ぐるみで仲良くさせてもらっているのが清水ミチコさん。僕と妻が彼女のラジオ番組に、たまたま別々にゲストで呼ばれたのがお付き合いの始まりだ。一見毒舌家にも見える彼女だが、実際は繊細で穏やかな人だ。あんなに物真似がうまくてピアノが上手で、日本には数えるほどしかいないコメディエンヌなのに、普段の彼女はちょっとお茶目な近所の主婦にしか見えない。僕ら夫婦は、たちまちファンになってしまった。

清水さんのように「芸能界」にいて（本当は彼女ほどその言葉が似合わない人はいないのだが）、一般人の感覚を持ち続けるというのは大変なことだと思う。物真似がうまいというのは観察眼が鋭いということ。それは清水さん自身が常に冷静に人を見ているからだろう。

とはいうものの、決して彼女は百パーセント普通の人なわけではない。大きく分けたら間違いなく変人の部に入る。

　例えば、一緒に芝居を観に行った時に分かったが、彼女はひどく落ち着きがない。芝居が始まるや、上着を着たり脱いだり、お尻をモゾモゾやったり、一瞬たりともじっとしていられない。

誰かが咳払いをすると、必ずつられてゴホンとやる。ようやく大人しくなったと思ったら、今度はお腹が鳴り始める。必死に体をくねらせ、おへそのあたりにバッグを押し付けて七転八倒する。それが収まると、今度はおねむの三歳児のようにやたら体を掻き始める。やがてピタリと動きが止まり、顔を覗くと熟睡していた。あまりにひどい。大人の観劇態度ではない。
　夜中、仕事をしていると突然携帯電話が鳴ることがある。大抵は清水さんだ。そして大抵は酔っ払っている。用件があるのかないのか分からない電話。突っ込んで話を聞こうとすると、自分から電話してきたのに、なぜかすぐに切りたがる。仕事の邪魔をしたくないらしい。明ら

かに矛盾しているではないか。だがそれが清水さんなのだ。彼女の中には、酔って電話を掛けまくる非常識さと、その非常識を非常識と認識する常識人としての一面が、同時に存在しているようだ。

清水家で、アメリカから帰国した彼女の親友の野沢直子さんを囲む会があり、招待して頂いた。顔ぶれは、藤井隆さんにＹＯＵさんにはしのえみさん、水道橋博士に平井堅氏。バラエティー番組として見ると、かなりクオリティーの高い笑いが期待できる座組みではあるが、清水さんのお友達は、カメラの回ってないところでは、皆さんとても慎ましやかだった。類が友を呼んだのだ。

もちろん皆との雑談はえらく楽しかったし、引っ込み思案の僕ら夫婦をして、人の家に遊びに行くのもいいもんだなと思わせる、有意義な時間が過ごせたが、顔ぶれから想像されるような馬鹿騒ぎは一切なかった。そして、それが清水家のホームパーティーらしくて僕らはとても嬉しかった（彼女は「ホームパーティー」という言葉は、鼻につくので大嫌いだと言ってたけど）。

# 「座付き」の苦労と喜びと

佐藤B作さんが主宰する劇団東京ヴォードヴィルショーが創立三十周年を迎えた。

遠い昔、まだ僕の劇団が観客動員数五百人くらいだった頃、B作さんが芝居を観に来て、そしてとても気に入ってくれて、うちの劇団のホンを書かないか、と誘ってくれた。初めて劇団以外の台本を書いたのが、東京ヴォードヴィルショーの「にくいあんちくしょう」。以来、B作さんのために四本の芝居を書き下ろしている。

ヴォードヴィルの魅力は、おじさんたちの頑張りにある。B作さんや、旗揚げから全公演に参加している佐渡稔さんら中心メンバーは既に五十歳を超えている。失礼を承知で言うなら、この劇団には演技巧者が一人もいない。むしろ不器用な人ばかり。だがそんな不器用なおっさん達が、がむしゃらに演じている姿は、とても感動的だし、こんな劇団、他にどこにもない。

今回の記念公演「その場しのぎの男たち」は、僕が十一年前に書いた作品の再々演。明治時代、来日したロシア皇太子に警官が斬り付けた「大津事件」を題材にした政界ものだ。ヴォードヴィ

ルの役者さんや客演の伊東四朗さん、青年座の山本龍二さんらが当時の実在の政治家に扮する。
　初日を観た。登場する大臣たちが以前より生々しく感じられたのは、やはりこの十一年の間に、自分の言葉で喋る首相が登場したからか。ようやく政界に現れた血の通ったキャラクター。それがどんなキャラクターかは置いといて、少なくとも総理大臣に感情移入しやすくなったのは確かだ。おかげで「その場しのぎの男たち」もより面白くなった。小泉さん、ありがとうございました。
　初演で逓信大臣後藤象二郎を演じた石井愃一《けんいち》さん。二年後の再演時は、スケジュールの都合で出演出来なかった。普通そんな時は別の俳優さんが演じるのだが、石井さんは個性派揃いの劇団員の中でも、特にインパクトの強い「怪優」である。役も彼に当てて書いたので、とても他の役者には務まらないと思った。そこで台本を書き直し、後藤のシーンを全部カットした。

舞台稽古を見に来た石井さんは、自分の役がなくなっていることにショックを受け、そしてむしろその方がスムーズに話が進んでいくのを目の当たりにして、さらにショックを受けていた。僕としては、いなくても成立するように苦労して書き直したわけで、話がスムーズに進むのは当然なのだが、石井さんが「俺の存在って……」と思ったのもよく分かる。

そして今回、石井さんは満を持しての復活。とはいえ再演の方が初演よりもうまく出来ていたこともあり、今さら初演の台本に戻すのは嫌だったので、再演のホンにさらに手を加えて、後藤が登場する（そして初演よりも活躍する）ニューバージョンを作った。

役者の都合で再演の度にホンを書き直す。理不尽な話だが、座付き作家とはそういうもの。むしろ僕にはそれが楽しくてならない。そして苦労させられる度に、ヴォードヴィルの「座付き作家」の一人である喜びを、僕は感じるのである。

# とびの夢を、のぞいてみたら

夜、原稿を書き終えソファでコーヒーを飲んでいると、とびが膝の上に乗って来た。最近の彼のマイブームは、僕の膝の上に顎を乗せて眠ること。本人は未だに子犬の時の気分のようだが、なにせ三十キロの巨体。その首から上の全重量が僕の膝に掛かる。犬の頭というのは想像以上に重いのだ。首を横にずらして立ち上がりたいのだが、あまりに無邪気なその寝顔を見ていると、なかなか退《ど》かす気にはなれない。

その状態で三十分が経過した。レム睡眠状態でよだれをたらして熟睡しているとびを眺めていると、一体どんな夢を見ているのか、無性に知りたくなった。

子供の時に読んだ「シートン動物記」。そこにアメリカ先住民に伝わる、不思議な知恵が書いてあった。彼らは、犬がどんな夢を見ているかを知ることが出来るという。方法は簡単。寝ている犬の頭の上にそっと布を乗せ、夢を吸収するのだ。そして今度は自分がその布を頭に乗せて寝れば、犬が見た夢と同じものを見られる。

試してみることにした。とびが起きないよう、彼の頭が膝の上にある状態のまま、そっとポケットからハンカチを取り出す。そして静かにとびの頭の上にそれを乗せた。夢がよく染み込むように、その上からそっと押さえつける。とびは全く起きる気配がなかった。

十分ほどそのままにしてから、そっとはずした。とびの夢が染み込んだハンカチはうっすら犬臭かった。妻に事情を説明し、僕が寝入ったらこれを頭に乗せてくれと、ハンカチを渡した。

そして翌朝——。目覚めた時には、ハンカチは耳の上でくしゃくしゃになっていた。寝返りを打った時にずれ落ちてしまったのだろう。

僕はその夜見た夢をはっきりと覚えていた。それは「月餅」の夢だった。別に好物でもなんでもない、月餅。中国菓子のあの月餅が、一晩中頭の中でぐるぐる回っていた。どういうことだろう。それがとびの夢？　確かに、知り合いから頂いた月餅がキッチンの棚に置いてあった。そしてとびは昨夜、それを物珍しそうに見ていた。あいつはずっとそのことを考えていたのか。

妻に話すと、「月餅に興味があったのは、とびじゃなくて、あなたじゃないの」と言われた。それも一理ある。いつあれを食べられるのだろうかと思ったのは事実だ。しかしだからといって子供じゃないんだし、夢に見たりはしない。そこまで欲しくはなかったし。ということは、やはり僕が見たのはとびの夢だったのか。

そんなことを考えている僕の前を、彼が通り過ぎて行った。口に月餅をくわえて。そんないたずら一度もしたことがなかったのに。これで確信した。とびは、やはり昨日の夜から月餅のことを考えていたのだ、いつ食おうか、いつ食おうか、そのことで頭が一杯だったのだ、夢に見るまでに。

とびが無性に愛しくなった。僕は駆け寄って、月餅を取られると思って焦りまくるとびを、思い切り抱きしめてやった。

犬をお飼いの皆さん、ぜひ、あなたもお試しを。但し蚤のいる犬はご注意。

# 政治に「面白い」を探すと

今回は社会派エッセーです。

日本の政治が動こうとしている。普段、そういったことには疎く、自分の仕事をこなすだけで精一杯な僕のような国民にも、何かが変わり始めている予感がする。

ニュース番組を何の気なしに見ていたら、自民党の小泉さんと民主党の菅さんが討論をしていた。小泉さんはちょっとお疲れか。菅さんは、数年前には考えられなかったことだが、同志小沢一郎さんに似ていた。僕ら夫婦も結婚してから顔がよく似てきたと言われるが、同じ現象が起こっているのだろうか。

番組の中で、「郵政民営化は○○だ」の○○にそれぞれ言葉を入れるという企画があった。小泉さんは「本丸」と書き、菅さんは「スローガンだけで中身がない」と書いた。小泉さんは、お得意の短いフレーズで「もっとも大事なこと」と表現したわけだ。

問題なのは菅さん。文章が長いのがいけないのではない。あくまでこの場合は「○○だ」に当

てはまる言葉を考えるのがルールだ。菅さんの答えを当てはめると、「スローガンだけで中身がないだ」になってしまう。一昔前の時代劇に出て来る農民のような喋り方である。「お代官様、お願いでございますだ」みたいな。

この場合、元の文章を生かすなら、「スローガンだけで中身がないのだ」にするか、「スローガンだけで中身がない空虚な代物だ」みたいにして欲しいところだが、前者はちょっとバカボンのパパみたいだし、後者だとまわりくどい。しかし、それでも菅さんがそういう答えを書いていたら、与えられたルールを必死に守ろうとしているその姿勢に、少なくとも僕の中の好感度はぐんと上がったはずなのだ。もったいない。

もう一つ、菅さんで気になったことがある。いろいろ面白いことを言おうとするけど、どうもその場の空気に馴染まない。ユーモアというのは本当に難しくて、「面白いことを面白いと思うセンス」と「面白いことを面白く言う技術」の両方が必要だ。しかし、なにより大切なのは「面白いことを言おう」とする意志。菅さんには明らかにその意志があって、その点はとても好感が持てるのだが、その「面白いと思った」ことが、実はそんなに面白くないのが、今後の彼の課題かもしれない。

そういった意味で僕が今一番、注目しているのは福田官房長官である。あの人の発言には、明らかに「面白いことを言おう」という意志がうかがえる。しかも確実に面白いことを言っている。ちょっと皮肉めいた感じが冷たい印象を与え、定例会見では、なかなか笑いを取れないけど、それでも淡々と真顔でジョークを飛ばす福田官房長官の姿は、同じ笑いに携わるものにとっては、見ていてとても気持ちがいい。顔もちょっとウディ・アレン風だし。そう言えば、お父さんも洒脱だった。「天の声にもたまには変な声がある」は名言。

政治家として面白いことを言うのが、どれだけ大事かはよく分からないが、人間としては、面白いことを言う人の方に、僕はやはり魅力を感じる。それで一票を入れるかどうかは、別の話だけど。

# 若い「新選組!」の休み時間

「新選組!」の収録を見学しに、NHKのスタジオへ行く。

僕にとって撮影現場を覗くのは、とても大事なこと。役者に当ててホンを書くタイプの作家は、彼らが実際に衣装をつけて演じている姿を、出来るだけ目に焼きつけておきたいものなのだ。見ることによってイメージを膨らませる。彼らにどんなことをやらせたら面白いか、どんな台詞を言わせたら格好よいかを考える。

スタッフの中には、こんな所にいるんだったら、早くホンを書けと思っている方もいらっしゃるかも知れませんが、どうかご理解を。早く書くために見ているのです。

いきなりスタジオの前のロビーで、ギターを弾いている侍の姿が目に飛び込んできた。土方歳三役の山本耕史さん。三年前の「オケピ!」初演の時も、彼は本番前の空き時間に、よくそうやってギターを弾いていた。バンドをやっているだけあってかなりうまい。心のおもむくままに淡々と弾いている。やたら器用な人で、手品はプロ級だし物真似も上手だ。チョンマゲ、着流しにギター、それもえらく技術的に高度。まるでポルトガルから流れて来た幻術使いのような不思議な雰囲気をかもし出していた。

やがて出番を終えた近藤勇役の香取慎吾さんと、永倉新八役の山口智充さんがスタジオから出てきた。近藤勇は、今、土方歳三からギターを習っている。休憩時間になると、土方に様々なテクニックを教えてもらい、自ら持ってきたマイギターで練習をしている。

近藤は土方の横に腰掛け、彼の演奏に耳を傾けた。真剣な表情は、講義を受けている学生のようだ。

山口さんはサービス精神旺盛な人。土方のギターに合わせて、黒人シンガーを真似て、即興でいんちきブルースを口ずさみ始めた。物凄くうまい。土方と永倉のジョイント芸は、出だしからかなりの完成度を見せていた。彼らに挟まれ、嬉しそうな近藤局長。やがて永倉のネタは、「どこかの駅前の路上でギターを演奏している若者を見ながら、誰かを待っている人」の形態模写に移行していった。土方の演奏を聞きながらも、待ち人が来ないことに苛立っているサラリーマン。爆笑する近藤。

その光景を見ていて、高校時代を思い出した。男子校の休み時間って、こんな感じだった。誰に聞かせるでもなくギターを爪弾く者、誰に頼まれるでもなく、先生の物真似をする者。芸達者な同級生たちに囲まれ、彼らの技にひたすら感心する者（僕である）。幸福な一時。永遠に次の授業が始まらないといいと思った。

しかし無情にも休み時間は終わり、収録は再開される。

スタッフがやってきて、次のシーンの撮影準備が整ったことを告げた。近藤と土方と永倉は、仕事の顔に戻り、しかしやや淋しげにスタジオへ入って行った。

彼らの仲間に入りたい、と思った。

そして、これまでどんなドラマで描かれてきたものより、遥かに若い集団であった本当の新選組も、きっとこんな感じだったんだろうな、とふと考えた。

# ドアを開けたらボブ・サップ

ジム通いが続いている。以前はその日は疲れて半日寝ていたものだが、ようやく慣れてきたのか、今はむしろ脳が活性化されて筆も進むようになった（ような気がする）。

トレーニングの前、ボブ・サップが来ている、と、トレーナーの池澤さんが教えてくれた。ジムの上の階にはプロの格闘家用のフロアがあり、そこでボブがよく筋トレをしているのは知っていた。今は年末の「対曙戦」に向けて、体を作っているところだという。

トレーニングの間は、ボブの話で持ちきりだった。「例えばどんな手を使えば、僕ならボブに勝てますか」と馬鹿な質問をすると、池澤さんは即答した。「勝てません」。

トレーニングが終わり、ロッカールームに戻る。ドアを開けると、いきなり部屋のど真ん中にボブ。想像を超えた大きさだった。そして全裸。すっぽんぽんでお付きの人と話していた。それも僕のロッカーの真ん前で。とてもじゃないが、「ちょっとすみません」と退《ど》いてもらう勇気は僕にはない。

隅のベンチに座って、ボブが移動するのをじっと待った。ただ座っていても不自然なので、「ハードなトレーニングに疲れてぐったりしている人」を装うことにした。ボブは話に夢中だった。僕としてはとりあえず、一刻も早くパンツを穿いてほしかった。いくら目を伏せても視界に入ってきてしまう。

　どうも今度の試合のことを話しているようだった。真剣な表情からすると、曙攻略の作戦を立てているのか。僕はぐったりした人を装いながら必死に聞き耳を立てた。

「アケボノ……K1、……アケボノ、……K1……」

　それしか聞き取れなかった。新しい情報は一つもなかった。

　やがてお付きの人がロッカールームを出て行き、ボブと二人きりになった。緊迫した空気が流れる。緊迫していたのは僕だけだが。ボブは一人、仁王立ちのまま、なぜか宙を見つめていた。

彼が実は優しい目をしていることは知っていた。しかし、どんなに優しい目をしていても、例えば部屋でアメリカンバファローと二人きり（？）になったら、やっぱり怖い。

ようやくボブがロッカーの前から移動してくれたので、大急ぎで着替えた。ボブもやっとパンツを穿いてくれた。少年のような真っ白なブリーフがチャーミングだった。ボブはやたら着替えが早かった。僕が服をバッグから出している間に、するするとジャージのズボンを穿き、トレーナーに袖を通した。そしてベンチに腰掛けると、一人ぶつぶつ重低音で何かつぶやき始めた。完全に自分の世界に入っていたボブの邪魔にならないように、僕は「お先に失礼します」と蚊の鳴くような声を残し、部屋を出た。

ロッカールームの鏡に映った、自分とボブとのツーショットは今でも目に焼き付いている。同じ種類の生き物とは思えなかった。自分の肉体の貧弱さをまざまざと見せつけられた瞬間。

ボブに勝つには、こうなったら、とりあえず面白い大河ドラマを書くしかない、と訳の分からぬ誓いを立て、僕はジムを後にした。

# 分からなくても、ＯＫ牧場？

ガッツ石松さんの決め台詞「ＯＫ牧場」。使い方としては、誰かに何かを頼まれた時、「ＯＫ牧場！」と元気よく切り返す。バラエティー番組で、ガッツさんがやたら連発するその言葉に、若いタレントさんたちが爆笑するシーンを見た。もちろん彼らはそれを気の利いたジョークとして笑っているのではない。唐突に出て来る「ＯＫ牧場」という単語の、そのオヤジギャグ以前の訳の分からなさを、笑っているのである。

よくよく聞けば、彼らが一番面白がっているのは、なぜ「ＯＫ」に「牧場」がつくのか、という点であった。そのあまりのシュールさがおかしいらしい。しかし実を言えば、ある年代より上の人にとって、「ＯＫ」に「牧場」がつくのはごく自然なことであり、シュールどころかむしろ必然なのだ（ガッツさんの使い方はシュールだけど）。決して「ＯＫ工場」や「ＯＫ脱衣場」ではいけない理由があることを、若者たちは知らないでいる。

マイケル・ダグラスの父であり、キャサリン・ゼタ・ジョーンズの義父であるカーク・ダグラスがドク・ホリディに扮した「ＯＫ牧場の決斗」という映画がかつてあった。「ＯＫ牧場」は、映画ファン（特に西部劇ファン）にとっては、一般常識以外の何物でもないのだ（「ＯＫ牧場」が「ＯＫ Ｃｏｒｒａｌ（馬や牛を囲い込む柵）」の意訳であることは、今回和田誠さんに教えて貰いました）。

年齢を重ねるにつれ、自分の世代の共通認識が、自分より下の人と共有できなくなっていると感じることが増えてきている。

以前やった「巌流島」という舞台。決闘の場になかなか現れない宮本武蔵に業を煮やした佐々木小次郎が、待ちきれずに武蔵を呼びに行くというストーリーだ。

この話のミソは、当然、史実に反して小次郎が武蔵を迎えに行ってしまうところにあるのだが、ミソがミソとして成立するためには、作家と観客の間に、「武蔵は決闘に遅れて来たという事実」が共通認識として存在していなければならない。しかしアンケートを読んで驚いた。

若い観客の大半は、それを知らなかったのだ。その人たちは、この芝居の本当の楽しさを半分しか分からなかったことになる。

時代が変われば、笑い、特にパロディーはどんどん作りにくくなってくる。今や、てんぷくトリオのコントに登場した剣豪「荒木またずれ」が「またずれ」である理由を、二十代で分かる人はほとんどいないだろう。

でもここで「難しい時代になった」と嘆くだけでは、年寄りの愚痴で終わってしまうので、もう少し付け加えます。つまりはだからこそ、僕ら喜劇の書き手は、自分よりも若い世代が今、何を考え、何に興味を持っているかに敏感でなければならないのだと思う。彼らの新しい共通認識を知ることが、今に生きる「笑い」を作るためには必要だ。古い共通認識は、忘れられてもしかたがない。むしろそうでなくては、新しい笑いは生まれない。「荒木又右衛門」氏には申し訳ないけど、そういうことなのである。

# 浅丘ルリ子さんに誘われて

くどいようだが、僕ら夫婦は脚本家と女優という、その言葉の持つイメージとは遠く離れた、地味で慎ましやかで、どちらかと言えば、面白みのない日常を送っている。しかしそれでも夫婦でこうした仕事をしていると、たまに、本当にごくたまに、あっと驚く体験をすることがある。

浅丘ルリ子さんとの食事会！

妻はドラマで共演したのがきっかけで、浅丘さんとは一緒に芝居を観に行ったりと、仲良くさせて貰っている。その縁で夫婦ともども、食事のお誘いを受けたのだ。

映画の中でしか観たことのない大女優ということで言えば、僕にとって「浅丘ルリ子」は、オードリー・ヘップバーンやマリリン・モンローと同列。そんな方を目の前に緊張しないわけにはいかない。

実際にお会いしたルリ子さんは、かなり気さくでお茶目な方だった。ちょっととんちんかんなところもあって、僕ら夫婦のことを、どういうわけか姉《あね》さん女房だと思っていて、僕の実年齢を

聞いて驚かれていた。確かに精神的には妻の方が姉さんだが、歳は僕が四つ上。生まれてから一度も実年齢より若く見られたことがなかった僕は嬉しく思ったが、妻は憮然としていた。

　気さくでお茶目でちょっととんちんかんとはいえ、そこは大女優だ。ベテランの貫禄というか、ルリ子さんの存在感は圧倒的であった。ご本人はむしろ控えめな方だが、発するオーラが違う。煙草の吸い方も、パスタの食べ方一つ取っても、絵になるのだ。映画を二本撮った人間としては、その場にスタッフがいたら「とりあえずカメラ回して！」と叫びたくなるほどだ。

　そしてルリ子さんは聞き上手であった。あの瞳で見つめられ、あの声で「それでそれで？」と聞かれたら、こっちはもう、よっぽど気をしっかり持っていないと、ついついやっていない犯罪まで告白してしまいそうになる。

　同じドラマに出演していた市川実日子さんも同席していたが、僕らですらジェネレーションギャップを感じた彼女の、若さみなぎるスットンキョーな発言にも、ルリ子さんはとても楽しそうに耳を傾けていた。

僕らは食事の後、信じられないことに、ルリ子さんのご自宅に呼ばれて、コーヒーまでご馳走になった。著名人のお家に夫婦でお邪魔したのは、結婚生活九年目にして、清水ミチコさん宅に次いで二度目だった。ちなみに本物のルリ子さんは清水さんの物真似には全く似ていなかった。

次の日、ルリ子さんの代表作の一つ、「夜霧よ今夜も有難う」のDVDを購入、妻と観た。

これが面白かった。観るまでは正直、「カサブランカ」の日本版と、高をくくっていたのだが、テンポもいいし、話の展開のうまさは、ひょっとしたら本家以上かもしれない。そしてなにより、ヒロイン役の浅丘さんの綺麗なこと。ああ、この人と食事をしたんだなあ、この人に姉さん女房と勘違いされたんだなあと思うと、なんだか感無量。

というわけで、我が家の「ルリ子ブーム」はしばらく続きそうだ。

# 終始笑顔の松井選手に敬服

街を歩いていて、たまにサインを求められることがある。断ることの方が多い。芸能人ぶっているみたいで恥ずかしいからだ。そもそも僕にはサインというものがない。自分のサインを持っているということが、まず恥ずかしいし、「この人の人生には、自分のサインを練習していた瞬間があるんだ」と思われることが、なにより恥ずかしい。

写真を撮らせて下さい、と言われることもある。これも勘弁して貰っている。ビジュアルで勝負していない人間にとっては、そういう時、どういう顔でカメラの前に立てばいいのか分からないのだ。そしてファンに写真を撮られている姿を、道行くファンでない人に目撃されるのが、これまた恥ずかしい。ファンでない人には、「好きで撮られているわけじゃないんですよ」とアピールしつつも、目の前のファンには、にこやかに接している自分がもっとも恥ずかしい。

最近はカメラ付き携帯電話を向けてくる人たちもいる。大抵は無表情で寄って来るのでかなり怖い。格さん（それも複数）にいきなり印籠を突きつけられた悪代官のような気分になる。そんな時は、なるべく写真がブレるように、細かい動きを繰り返し、足早に立ち去ることにしている。

つまり僕は、たまたま道で見かけた人にとっては、サービス精神の欠片《かけら》もない、偏屈な男なのである。

先日、市川染五郎さんの結婚披露宴に出席した。テーブルを挟んで僕の斜め前の席にヤンキースの松井選手がいた。
野球のことは門外漢なので今まで知らなかったが、日本国民にとって松井選手というのは特別の存在のようだ。それほど彼の人気は凄まじかった。ご歓談タイムになると、彼の周囲は人で溢れ返った。入れ代わり立ち代わり、ファンの皆さん（もちろん列席者）がやって来ては、サインを求め、写真を撮っていく。松井選手は、その度に食事を中断しなければならなかった。
しかし彼は嫌な顔一つせず（そう書くと、本当は嫌がっているニュアンスにも取られかねないが、そんな感じは全くなく）、コースターにサインをし、携帯電話に向かって微笑み、子供たちと、たまに大人たちとも握手をした。

心の底から自分のファンを大切にしているのが、テーブル越しに伝わって来た。二人連れのファンの一方がカメラを構え、もう一方が自分の脇に立ち、写真を撮る度に「交代、交代」と位置を変える、あのもっとも間が持たない瞬間ですら、松井選手は微笑みながら礼儀正しく待った。

無理している感じが全くないのが、なにより格好良かった。もしも「ミタニ平和賞」があるならば、今年の受賞者は文句なく松井秀喜だ。見習わなければいけないと思った。比較にならないほど少ないファンに、無愛想にしていた自分が恥ずかしくなった。

ファンの波が去り、ようやく松井選手は食事を再開した。冷めたスープをすする姿は、ちょっと可哀想な気もしたが、サインを貰うのは今だと思った。

もちろん我慢しました。

# 自転車、ゲーム…九十歳は元気

九十歳になる祖母。生粋の九州女だが、今は東京は世田谷のはずれに娘（つまり僕の母）と二人で暮らしている。

「おばあちゃんが交通事故に遭った」と母からの電話。緊張が走った。よくよく聞いてみれば、自転車の走行中、前から来た車に勝手に驚き、勝手に転倒したらしい。まあ、それも広い意味での交通事故ではあった。精密検査の結果は、どこにも異常はなく、おでこにタンコブを作った程度だという。ひとまず安心。

最近の祖母は、歳を取るのを忘れたかのようである。皆さんは、九十の老婆が自転車に乗っている姿を想像して、そこに「底なしの不安」のようなものをお感じになるかも知れないが、実際はまったくそんなことはない。血色良好、皺やしみもほとんどなく、颯爽とペダルを漕ぐ姿は、かなり若々しい。さすがに女子高生に間違われることはないが、ちょっと見には、やや老け気味の四十代の主婦に見えないこともない。コブだけで済んだのも、祖母の未だ衰えぬ反射神経のお陰だろう。

とは言っても、心配は心配なので、妻とお見舞いに行った。

出迎えた祖母は、いつものようにパワフルだった。早速事故の模様を嬉しそうに語ってくれた。既にお友達相手に何度も話したのだろう。無駄な言葉が省かれ、中身もきちんと整理されて、完成度の高い談話になっていた。

祖母は、買っていったケーキを僕らの目の前で、いつもと同じように、あっという間に食べきった。

妻に指摘されるまで気づかなかったが、僕は祖母によく似ているらしい。特に「食」に関する部分において。食べるのが異様に速いこと、お寿司の時に小皿になみなみと醤油を入れるところ、梅干しの種を口から捨てる時の仕草もそっくりだという。確かに僕は子供の頃、諸事情から祖母と一緒にいる時間が長かった。知らず知らずのうちに影響を受けていたのだろうか。祖母の好奇心旺盛なところも、僕は確実に引き継いで

いる。幾つになっても茶目っ気があり、頑固なくせに、叱られると素直に謝る祖母。僕はそんな祖母が大好きだから、似ていると言われると、結構嬉しかったりもする。

彼女が十年以上ゲームボーイのオセロをやり続けていることは前に書いた。最近はさすがに飽きたと電話でこぼしていたので、お見舞いに「プレイステーション2」をプレゼントした。クイズやパズルなど、気に入りそうなゲームを幾つか買って行ったが、結局、祖母がはまったのは、プレステ版のオセロだった。それにしても、自分でテレビにセッティングして、画面に向かいながら黙々とコントローラーのボタンを押している祖母の姿は、例えは悪いが、昔テレビで観た「複雑なスイッチを押して箱の中のクッキーをものにする天才チンパンジー」のドキュメンタリーに共通する、感動的な光景であった。

とりあえず、祖母にはこれであと二十年ほど暇を潰してもらうつもりでいる。彼女が百十歳になったら、その頃にはまた新しい機種のゲームが発明されているだろうから、それを買って持って行こうと思っている。

# 正和さんは十年来の「同志」

正月オンエアのドラマ「古畑任三郎」の顔合わせで、久しぶりに田村正和さんにお会いした。

このちょっと変わった刑事が活躍する物語を、僕は十年間で三十九本書いた。犯人側から事件を描く手法は、ミステリーの世界では倒叙ものと呼ばれる。アメリカのテレビドラマ「刑事コロンボ」で一躍有名になった。古畑のシリーズは、コロンボに追いつき追い越せを目標に、アクションもの物でも人情物でもない、新しい日本の刑事ドラマを作ろうと始まった。

通常のミステリーだと、僕は意外な犯人を三十九パターン考え出さなくてはならなかった。倒叙だからこそ、ここまで長く続けられたのだろう。倒叙ものの良さは、ミステリーでもあり、犯人の心理を描く人間ドラマでもあること。だから推理作家ではない僕にもなんとか書けたのだと思う。

古畑任三郎は、僕の作品に登場する人物の中で、もっともポピュラーな存在だろう。作家としては、人気シリーズを持つことはとてもラッキーなのだが、さすがにこれだけ続くとしんどさが

先に立つ。皆さんが新作を待ち望んでくださるのはとても嬉しいのだが、作る側は四苦八苦。シャーロック・ホームズを途中で殺したくなったコナン・ドイルの気持ちもよく分かる。

日本のドラマで殺人を描く時の辛さは、殺しのバリエーションが少ないこと。ピストルはリアリティーがないし、スポンサーの関係上、車で轢き殺すのはNG、同じ理由で毒殺も歓迎されない。密室殺人とかアリバイ工作といった、ミステリーならではの完全犯罪も描きにくい。「古畑」の犯人は大抵が頭が良くて社会的地位が高い。そういう人は普通、そこまで時間を掛けて誰かを殺したりはしない。リアルなドラマの世界では、凝れば凝るほど嘘臭くなってしまう。そんなわけで、全エピソード中、半分は激情の上での撲殺だった。凶器はだいたいが大理石の灰皿。

　古畑のキャラクターは、僕と田村さんの競作だ。僕が書いたホンを田村さんが現場で膨らまし、それを見て、また僕が次のホンで膨らます。

田村さんとは数えるほどしかお会いしていないが、大先輩に対して失礼かも知れないけれど、僕は田村さんを、苦労を共にしてきた「同志」だと思っている。

「古畑」は田村正和ショーでもある。僕の仕事はドラマを通じて、いかに田村正和という稀有なスターの魅力を視聴者に伝えるかだと思っている。彼の知的な部分、ユーモアのセンス、温かみ、哀愁、そして立ち姿の良さ。

田村さんが演じ続ける限り、僕は「古畑」を書き続けるつもりでいるが、田村さんは今回の作品の顔合わせで「しんどい、もうやりたくない」とぼやいていた。ただあの人は前回の時も同じこと言っていたけど。

そんなわけで二〇〇三年の暮れ、都内の二つのスタジオで、僕の書いたドラマの収録（「新選組！」「古畑」）が行われている。なんて恵まれた脚本家なんだろう、とつくづく思う。いつまでもこの幸せが続くとは考えられないが、とりあえず今は、ドラマの神様に感謝。

それではよいお年を。来年もまたよろしく。

# 「ペット一位」の栄冠は誰に

我が家では年の頭に、前年の総括として、もっとも優秀だった飼い猫にキャット・オブ・ザ・イヤー（COY）の称号を与えることにしている。

もちろん候補者はおとっつあんとオシマンベとホイの三匹。同様にドッグ・オブ・ザ・イヤー（DOY）というのもあって、こっちは今のところ候補者はとびしかいないので、毎年無条件で彼が受賞している。そしてCOYとDOYの中からペット・オブ・ザ・イヤー（POY）が決定し、さらにPOYの受賞者と、オット・オブ・ザ・イヤー（OOY）の受賞者（これも無条件で僕が頂いている）の中からたった一名に、我が家の最高の住人であることを証明する、栄えあるトップ・オブ・ザ・イヤー（TOY）の称号が進呈されるのだ（妻は一応審査委員長となっています）。

これまでCOYは、おとっつあんが連続して受賞していた。愛想、行儀、抱き心地の三部門でほぼパーフェクトな成績をおさめるおとっつあん。オシマンベの場合、行儀はいいし抱き心地も

最高なのだが、やや愛想に欠け、おまけに人見知りという大きな弱点がある。予防注射の際に病院で大暴れするのもマイナスポイントだ。新参者のホイは、抱き心地は申し分なく、捨て猫時代に苦労を重ねてきただけあって、愛想も抜群なのだが、空腹になると棚の上の物を片端から落としていく悪癖があるので、受賞にはまだ早い。

そんなわけでこのところ、おとっつあんは向かうところ敵なし、今年も受賞は間違いないと思われていた。ところが……。

もともと食い意地の張った猫ではあった。それがここに来て、俄然エスカレートしてきたのだ。人が食事をしているとテーブルの上に乗ってくるし（いくらなんでもそんなことは今までなかった）、この間は行方不明となり、さんざん探したら生ゴミ入れの中から発見された（これも初めて）。

おとっつあんを観察していると、どうやら食事のことしか興味がないらしい。いつも何か食べたいと思っている。思っていないのは何かを食べている時だけ。あまりに奇行が目立つので病院で診てもらったら、多少ボケが始まっているようだと、先生に言われた。確かに彼は十四歳。人間で言えば七十代の老人だ。高齢化社会では避けては通れない老人問題が、いきなり我が家にも降りかかってきたわけである。

猫のボケは脳に空気が行かなくなるのが原因らしく、それ以来おとっつあんは、空気の通りがよくなる薬を毎日飲むようになった。口に入るものならなんでも大歓迎の彼は、薬すら食べるのが嬉しいようで、水で溶いた薬を喜々として舐めている。その姿には、ちょっと悲しいものがあった。僕と妻は、これからどんなに手が掛かろうと、幾多の安らぎを与えてくれたおとっつあんに感謝し、ちゃんと面倒を見ていこうね、と改めて誓い合った。

結局、昨年のＣＯＹには、おとっつあんと同い年でありながら、いまだ頭も体もカクシャクとしているオシマンベに決定した。ちなみにＴＯＹ（トップ・オブ・ザ・イヤー）は八年連続で僕が頂いた。ま、当然でしょう。そうそう獣たちに負けてはいられない。

# 生で観て楽しかったな、紅白

去年（二〇〇三年）の大晦日、NHKの紅白歌合戦の審査員をやった。もちろん、次期大河ドラマの脚本家としてだ。実を言うとここ十数年、ちゃんと紅白を観たことがなかった。確かに子供の頃は家族揃って、まるでそれが江戸時代から続いている儀式のように、三十一日は紅白を観ていたものだったが。

遠のいたのは大学の頃から。かつての勢いはなくなったと言ってもそれは、国民の半数は観ているお化け番組。そこが逆に僕の興味を削いだ。へそ曲がりに育ったので、大人になるにつれ、偏屈さが増していった。皆が観るものは、皆が観ているという理由だけで観る気がしなくなってしまうのだ。「スター・ウォーズ」シリーズしかり、「ロッキー」シリーズしかり。そして紅白。たとえ国民のすべてが観たとしても、自分だけは観るもんかと頑なに思っていた。

久々に、それも生で観た紅白歌合戦。結論から言うと、……感動しました。歌のうまい人に目の前で熱唱されると、それだけで胸が熱くなる。まさか自分が天童よしみさんで泣くとは思わなかった。

さらに僕を感動させたのは、スタッフの働きぶりだ。これは生で観た人間にしか分からないことだ（やや自慢が入っています）。巨大なセットを短時間で入れ替えるなんという手際の良さ！

よほどリハーサルを重ねたのだろう。転換中に幕の向こうからスタッフの罵声が聞こえることもあったが、それはご愛嬌ということで。
北島三郎の「風雪ながれ旅」では、蜷川幸雄もびっくりの大量の紙吹雪がサブちゃんを襲った。歌が終わった時、そこには積雪量三センチの紙吹雪が。舞台人としては、それを短時間でどうやって片付けるのか、それが気になってしょうがなかった。スタッフの動きを観察していたら、つなぎのトークの間にまず半分だけ片付けて、次の曲の間はステージ上にスモークを焚いて床を隠し、曲が終わった段階で、残りを片付ける二段階作戦を取っていた。お見事！
見事と言えば総合司会の武内陶子アナ。緊張していたと思うが、少しもそんな素振りは見せず、堂々と司会を務めていた。

番組中、僕も一度だけコメントを求められた。「今年の紅白はいかがですか」の質問に、こっちはどうしても素直に答えられない性分なので、「楽しいですね、これって毎年やってもいいんじゃないですか」と答えた。「やってるんですよ毎年」という切り返しがあって初めて成り立つジョークである。もし武内さんが返してくれなかったら、想像を絶するほどの寒い空気が流れる可能性を秘めていた。危険な賭けだった。

以前、彼女とは朝の番組でお会いしたことがあった。その時にかなり心地よいつっこみをされていた記憶があったので、僕はこの賭けに出たのだが、武内さんは絶妙の間で、期待通りの言葉を返してくれた。まあ、言うほど面白いやりとりではなかったので、場内大爆笑には至らなかったが、武内さんには心から感謝。

歌も司会もスタッフワークも素晴らしかった。ただ、現場にいた僕は十分堪能したけど、お茶の間の皆さんに、それがどれだけ伝わったのか。後半の視聴率は過去最低だったみたいだし。そこがテレビ番組の難しいところか。

とはいえ、少なくとも僕は感動しました。また観たいな紅白、生で。もう一本、大河を書かせてくれるだろうか、ＮＨＫは。

# いよいよ始まった「新選組！」

一月十一日は、「新選組！」の第一回オンエアの日。自分の関わったドラマをオンタイムで観るのは、どうにも慣れない。いつも手にびっしょり汗をかく。とにかく緊張する。今回の大河ドラマは、今までのどの作品よりも苦労が多く、関わっている時間も長い。なんといっても、仕事の依頼を受けてから、既にお正月が二回来ている。緊張も並ではなかった。既に完成試写から五回は観ているのに、最後の予告編が始まる頃には息も絶え絶えだった。

不思議なもので、画面の中の俳優さんの芝居は、以前観た時と同じはずなのに、この日がもっとも気合が入っているように見えた。香取さんの芝居も一番良かった。

画面を観ながら考えた。一体今、全国で何人の人がこれを観ているのだろう。一番観てほしいのは小学生たちだ。僕が大河ドラマを観始めたのもその頃からだ。当時は日曜の夜八時になると家族全員がテレビの前に集合した。それは週に一度の家族行事のようなもの。大河ドラマはそれだけ特別なものだった。七時五十五分くらいになると、食事も済ませて全員がテレビの前に正座。

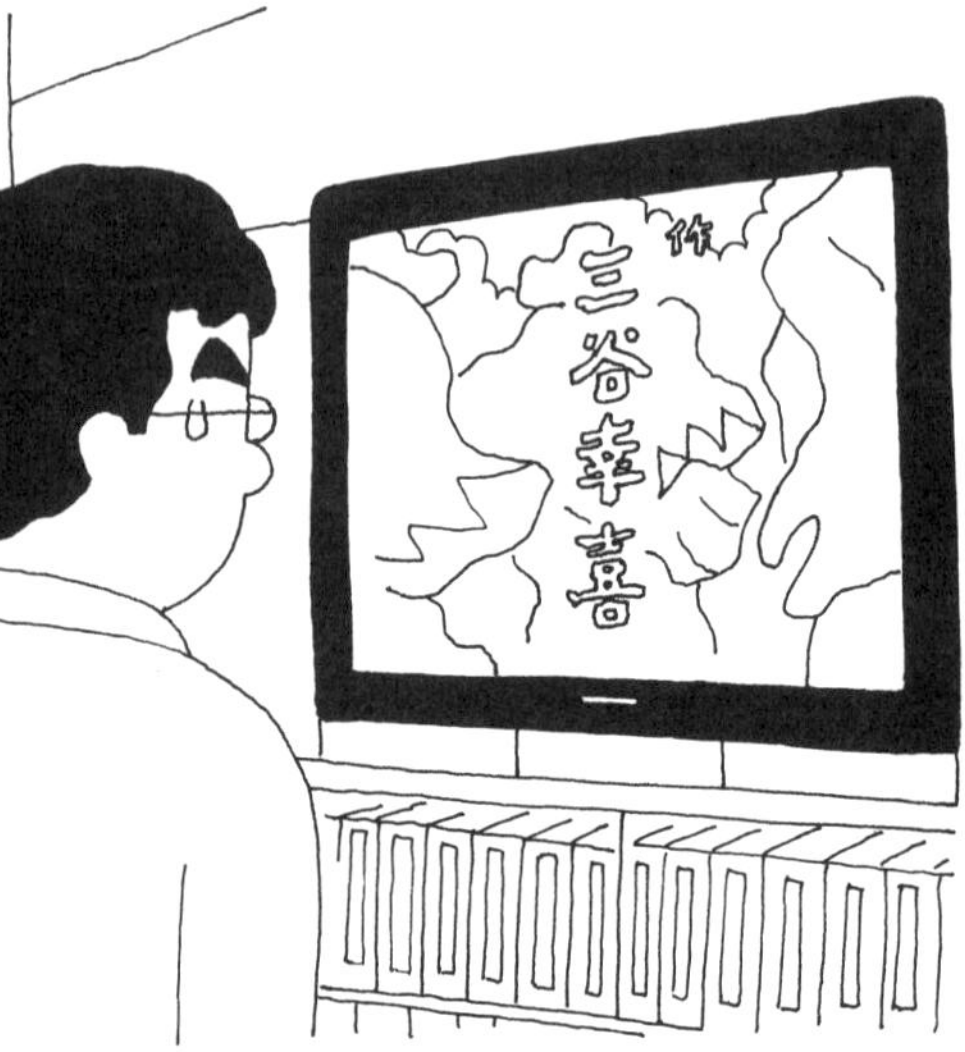


ビデオデッキのない時代なので、オンエアを観逃すと、土曜の再放送まで待たなければならないのだ。我が家は叔父（母の弟）が大の歴史好きだった。番組が終わると、今日の話のこの部分はフィクションだとか、あの場面は、研究家の間ではこんな説もあるとか、毎回、叔父の講釈を皆で聞くのが習慣になっていた。大河ドラマは家族の団欒に確実に一役買っていた。

そもそも僕が歴史好きになったのはその叔父の影響である。思えば、近藤勇は拳骨が口に入ったことを最初に教えてくれたのも彼だった。実家のアルバムには、母親のヘアピースを顎鬚に見立て、明治の元勲に変装した僕と叔父の写真が今でも貼ってある。

放送の翌日は祝日。二日後の朝、視聴率が発表になった。関東で平均26・3%。この数字が、大河ドラマとしてどういう意味を持っているかは、僕には分からないし、実はあまり関係のないことだ。

嬉しいのは、むしろそのことではない。その日の午後、視聴率のさらに細かいデータが出た。世代別視聴率では、十代から四十代が例年の五倍以上観ていたことが分かった。つまり家族で観ていた人が、いつもより格段に多かったということだ。十代が沢山観てくれていたことが、何よりも感激だった。資料を見ながら僕の頭の中には、自分が小学生だった頃の、日曜八時のあの光景が浮かんだ。家族全員の一週間のお楽しみだった、あの時間――。

第一回目の放送が終わった夜、僕は自分なりの問題点をいろいろと反省しながら、犬の散歩に出た。帰宅すると留守番電話には、ドラマを観てくれた知り合いからの感想が、数本入っていた。真っ先に掛けてくれたのは、今は仕事で上海に住んでいる、あの歴史好きの叔父だった。上海でも、同時刻にオンエアされているらしい。

「なかなか面白いぞ。この調子で頑張れ」

それは僕が一番聞きたかった言葉だった。

# 源さん人形、左之助の衣装

「新選組！」の第一回が放送されてから、一週間。このところさまざまな週刊誌に番組のことが採り上げられている。ほとんどが否定的な記事であった。大河ドラマは関心が高いゆえに、例年バッシングも激しいことは、僕も知っていた。毎年この時期になると、いろんな雑誌で大河を叩く記事を目にする。一般視聴者としては（へえ、そういう見方もあるんだ）ぐらいにしか思っていなかったのだが、いざ当事者となってみると、これはかなり胸が痛む。

どの記事も、若き近藤勇と土方歳三が坂本龍馬や桂小五郎と共に黒船を見に行くエピソード（第一回）を攻撃している。「時代考証むちゃくちゃ」「そんな史実はない」と皆さんご立腹。そりゃそうです、僕の創作ですから。だけどいくら歴史研究家に叱られても、なぜそれがいけないのかさっぱり分からない。それにこの程度で目くじらを立てている方たちは、この先の展開を知ったら一体どんなことになるか。その意味でも胸が痛む。

大河ドラマはあくまでもドラマであって、ドキュメンタリーではない。史実に忠実であろうとすればするほど、物語は複雑に、そして難解になる。説明台詞は増え、ナレーションやテロップが頻繁に登場して、内容を補足することになる。そんなドラマ、観ていて楽しいのだろうか。少なくとも僕は観たいとは思わない。それよりは多少アレンジが加わっていたとしても、ドラマとしてワクワクするものを、僕は観たいし、書きたいと思う。

批判の中に、近藤勇の道場に掲げてある「香取大明神」の掛け軸について、「あんなギャグはいらない」というお叱りがあった。香取大明神というのは武勇の神さまで、あの掛け軸は大概の道場に飾ってあったもの。時代劇ファンにはお馴染みの光景だ。別に僕が主演俳優の名前に掛けて指定したわけではない。バッシングは気にならないが、僕がそんな駄洒落で視聴者を笑わせようとしていると思われたことが、喜劇作家としてはちょっと悔しかった。

バッシングの渦中の「新選組！」ではありますが、大河ドラマの影響というのはやはり凄い。

書店には新選組関係の本が山積みになっている。コンビニでは、新選組隊士のフィギュアが並んでいる。試しに二個買って開けてみると、二つとも井上源三郎だった。新選組旗揚げメンバーではもっとも地味な人。これははずれということなのか。近藤勇を引き当てるまで、源さんがあと何人出てくるのか。

電車に乗っていると、背後で突然「サノスケが」という声を耳にした。振り返ると、数人の女子高生が僕がいることに気づかず、新選組について語り合っていた。サノスケとは、隊士の原田左之助のこと。彼女たちのテーマは山本太郎さん扮する左之助のファッションについてだった。話に参加したい衝動を抑えるのが大変だった。

新選組ファンとしては、まさか十代の女性が原田左之助の話題で盛り上がる時代が来るなんて、想像もしなかった。ましてや源さん人形がコンビニで売られるなんて。たぶん一番驚いているのは、天国の左之助や源さん本人だろうけど。

# ネバーランドから一人離れて

去年の暮れ、高校の同窓会が熱海の温泉宿を借り切って行われた。僕はドラマの執筆に追われ、今回は欠席した。

当日、幹事の上野君の携帯に電話を入れてみた。宴会の真っ最中だった。上野君に替わって電話に出た恩師の中島先生に、「てめえ、なんで来ないんだよ」と一喝された。去年、一昨年と同窓会の模様がエッセーで紹介され、その都度自分が登場してすっかり味をしめた恩師であった。今年も書いてくれなくては困るんだよ、とぼやかれた。「いろんな人に言っちゃったんだよ。こうなったら、三谷、お前も参加したことにして、でっち上げろ」と恩師は僕を恫喝した。そうは言っても嘘は書けない。だからこうして参加出来なかった話を書いてます。

会があった数日後、参加した友人たちが、当日の模様を事細かにメールで知らせてくれた。中島先生は去年、「お前ら家族を大切にしろ。家に帰ったら真っ先にカレンダーの家族の誕生日に印をつけるんだ！」と僕らを叱りつけて場をしんみりさせたくせに、今年はなぜか、妻帯者でも彼女を作るべきだと力説していたという。付き合うなら三十代の女性に限るというのが、彼の持論らしかった。

相変わらず破天荒な中島先生だが、僕にとっては最大の恩人である。理数系の高校に入ったというのに、僕は数学のテストは毎回0点。完全な落ちこぼれだった。そんな時に励ましてくれたのが中島先生だ。「お前は国語の成績だけはどういうわけかいいから、無理して理数系の大学に行くよりは文系に進め」という先生のアドバイスで、僕は演劇学科を選んだ。つまり中島先生との出会いがなければ、今の僕はないわけである。これくらい書いておけばいいでしょうか、先生。

メールによれば、同級生の中でも毎年必ず事件を引き起こすトラブルメーカーのHは、今回もパワー全開だったようだ。ルームキーをなくして皆を路頭に迷わせたかと思えば、大浴場に行って他人の動物柄のパンツをはいて帰り、宿を混乱の渦に巻き込んだ。

僕がいるいないに関わらず、会はいつものようにしっちゃかめっちゃかだったようだ。高校時代から進歩なしである。こんなことでいいのか。あれから何年経っているというのだ。

仕事場で原稿を書く合間、次から次へと送られてくる暴露メールを読んでいると、なんだか無性に切なくなってきた。自分だけが取り残された気分になった。まるで、「ピーターパン」のラストシーン、一人だけ大人になってしまったウェンディの心境だ。僕が行けなかったあの日、熱海のホテルの、Hが鍵をなくしたその部屋は、まさにピーターパンや永遠の子供たちの住むネバーランドだった。とはいえ、四十二歳のピーターパンたちも、日常に帰れば、むさくるしい中年男に戻るのが現実だが。

幹事の上野君がCD－ROMで当日の写真を送ってくれた。夜通し騒ぐ同級生たちの姿は、昔と少しも変わらなかったが、彼らに何の思い入れもない人の目には、きっと、おっさんたちの阿鼻叫喚にしか映らないのでしょう。

# ピンチ！　トイレの水が…

「新選組！」の執筆のために近所に部屋を借りたことは前に書いた（『怒涛の厄年』一一六ページ）。このところ毎日そこに「出勤」して原稿を書いている。

結婚するまで世田谷の実家で母と祖母と暮らしていたので、僕には一人暮らしの経験がない。つまりこの仕事部屋は僕にとって初めての「自分だけの城」だ。

先日、その城のトイレの水が止まらなくなった。

人間としてどうかと思うが、僕は部屋が散らかっていてもあまり気にならない。電球が切れていても、付け替えようという気が起きない。暗ければ暗いで、それも宿命《さだめ》と割り切り、むしろそういった生活をエンジョイしたい、という極めて消極的なポジティブシンキングの持ち主なのだ。煎じ詰めれば、結局は「面倒臭い」ということだが。

城の生活も、ゴミ出しや食器洗いはさすがに自分でやっているけど、面倒な床掃除はここ半年ほどご無沙汰である。

だがトイレの水が止まらないとなると話は別だ。いくら僕でも、その間、水道メーターがどんどん上がっていることくらいは理解出来る。そして僕自身が立ち上がらない限り、事態は好転しないことも分かっていた。

一念発起、便器の奥に設置してあるタンクの蓋を開けてみた。

タンクの蓋は本体に乗っかっているだけだということを、初めて知った。父のお墓を思い出した。墓石も確かこんな感じだった。

中を覗いてみると、複雑な構造のからくりが出現。へえ、こんな仕組みで水が溜まったり流れたりしていたのか。すべてが新鮮だった。それは結構単純なシステムだった。複雑と書いておいて矛盾しているようだが、世の中のあらゆる「複雑」の中で、もっとも「単純」な「複雑」という感じ。一度でも中を覗いたことのある人ならお分かり頂けるはず。

水が止まらない原因は、先日投入した、トイレの水を青くする奴が、からくりの一部に引っかかっていたせいだった。そういえば、それを入れた時に既に一度蓋を開けていたのだが、その時は蓋が重かったので、少し横にずらしただけで、中は覗かなかったのだ。

　入れた時は小さな固形物だったそれは、水分を含んで膨れ上がり、グニュグニュのズルズルになっていた。これを退《ど》かさない限り、水は止まらない。躊躇なく手を突っ込む。想像以上にズルズルだったそのズルズルは、指の間からムギュッと出てきた。しばらく握ったり離したりして感触を楽しんでから、取り除いた。タンクはようやく正常に動き出した。

　この達成感は何だろう。たかがトイレの水を止めただけなのに、何かを成し遂げた気分。男としてひとまわり成長した気がした。一人暮らしは人を大きくする。人間とは単純なものだ。僕が単純なだけかもしれないけれど。

　その後、真っ青に染まった右手が、いくら洗っても落ちなくてパニックになった。その日は、午後からいくつか取材が入っていたのだ。結局色は落ちず、取材の度に記者の方に手が青い理由を説明しなくてはならなかった。様々な方からアドバイスを頂いた。トイレのあれを触る時は、ビニール手袋をしなきゃ駄目みたいです。皆さんも御注意を。

# 札幌〜上野、片道の夜行列車

夜行列車に乗るのが夢だった。それも寝台車。中学生の時に観た映画「オリエント急行殺人事件」の影響である。大河ドラマの執筆も後半に突入し、ここいらで気分転換をしたい。とは言っても旅行に行く暇はない。そこで思いついたのが夜行列車一泊の旅。

寝台特急カシオペアは、札幌を夕方出発し、朝の九時過ぎに上野に到着する。飛行機ならニューヨークまで行けてしまう時間だ。ある意味こんな贅沢はない。

飛行機で札幌に飛び、カシオペアに乗り込む。その瞬間から、気分は完全に「オリエント急行」。狭い通路を旅行鞄を持ってうろうろしているだけで、(映画でもこんな感じだったな)と嬉しくなった。長旅の気分を出すため、わざわざ大きめの旅行鞄を持参した。

鞄の大きさのわりには、個室はこぢんまりしていた。小さめの部屋しか空いてなかったのだ。

理想は、車中でなんらかの事件に巻き込まれ、それを上野に着くまでに解決することだった。さすがに殺人事件は事が大きくなりすぎ、また解決する自信もないので、もうちょっと小粒な事

件がいいなと思った。夜中にドンドンと扉をノックする音がして、開けてみたら通路に若い女が立っている。「何も聞かないで。上野に着くまで私を匿《かくま》って」と女は強引に部屋に入ってきて……。その程度のことで良かった。クリスティというよりはB級アクション映画の世界だが、全く構わない。

深夜二時まで待ったが、一向に誰もドアをノックする気配はなかった。なんとなくこのまま朝になってしまいそうなので、展望室へ行ってみた。最後尾の車両はガラス張りで、そこで外の景色を見ながら寛げるようになっている。

誰もいなかった。隅の席に腰掛け、窓の外を見つめた。夜中なので真っ暗だ。ガラスに映った自分の顔しか見えない。持参した「新選組日誌」を読んでしばらく時間を潰す。タイミングとしては、いよいよこの辺で金髪の謎の美女が現れ、主人公（僕）と運命的な出会いをする頃なのだが、現れる気配は微塵もなかった。

考えてみれば、乗車してから通路で出会ったお客さんは、ほとんどが年配のカップル。飛行機より時間が掛かり、それでいてやや高値の夜行列車を利用する人は、時間とお金に余裕のあるお年寄りが大半なのだろう。金髪の謎の美女は、よほどのことがない限り夜行は使わないことに、もっと早く気づくべきだった。

一時間ほど展望室にいて、結局誰にも出会わずに、部屋に戻った。

カシオペアは、何一つ事件に巻き込まれることなく、翌朝、無事に上野に着いた。何事もなくて良かったと、無理やりおのれを納得させて列車を降りた。旅行鞄を持ってプラットホームに立つ自分の姿を、強引にイスタンブール駅のポアロに置き換え、最後くらいは映画の気分を満喫しようと思った矢先、通勤途中のサラリーマンの姿が視界に飛び込んできた。うわあ、いきなりの日常！

こうしてささやかな気分転換の旅は、朝の雑踏にもまれて、ささやかに終わったのでした。

# 応援してます。牛丼屋さん

米国産牛肉の輸入禁止で、街から牛丼が消えた。最後の日にはかなりのお客さんが店に押しかけた。改めてその人気に驚かされる。

牛丼を初めて食べた日のことは、今でもよく覚えている。それは小学生の時に通っていたサッカースクールの合宿の昼ごはん。帰宅して母親に「すき焼きみたいなものがご飯の上に乗っていたけど、あれは何という料理か」と尋ねた。母は、皿が人数分なかったのですき焼きをご飯に掛けたんだろう、と嘘を教えた。当時は九州の人は牛丼の存在を知らなかったようだ。

大学の頃から町に牛丼屋さんが増え始めた。劇団時代は「元気ない」「時間ない」「お金ない」の三条件が満たされると、必ず利用していた。最近はあまり通わなくなったが、それでも月に三回はお世話になっている（多い方か）。

牛丼が消えた牛丼店を回ってみた。「吉野家」「松屋」「神戸らんぷ亭」「なか卯」「すき家」。それぞれが牛丼に代わる新しい「顔」を模索していた。中にはひたすら牛丼にこだわっている店もあった。

どこも試行錯誤を繰り返している感じだった。僕にはそれが嬉しかった。試行錯誤という言葉の裏に流れる前向きなパワーが心地よかった。「豚丼」も「カレー丼」も「豚角煮丼」も、発展途上の感は否めなかったが、その分、未完成のものにしかないバイタリティーを感じた。そして結構おいしかった。転んでもただでは起きない、庶民の心意気を見た気がした。

　それを踏まえた上で言わせてもらうが、やっぱり「牛丼」って偉大だ。「豚丼」もうまいけど先代に比べると、味にもう一つパンチが足りない。見た目も、丼の中で波打つ、先代のあの妙な躍動感に比べると、やや覇気に欠ける。
　そして今にして思えば牛丼の素晴らしさは、なによりもそのネーミングにあった。「ぎゅうどん」。なんという力強さだろう。「うしライス」では絶対にこれほどの市民権は得られなかった。GとDで始まる言葉は強いイメージを喚起させる。「頑固」「強情」「ガッツ」「大仏」「ダイナマイト」「団鬼六」。それが二つも入っているのだ、「ＧｙｕＤｏｎ」。「ゲルマン民族大移動」と並ぶパワフルさだ。

話は飛ぶが、ネーミングの大事さについて思い出すのが幕末の京都。新選組には見廻組というライバルがいた。それほど有名ではないのは、やはり名前に問題があったからだと思う。まるで強そうな感じがしない。Ｍの音が続くと、小粒でややマイナスなイメージになるのだ。「摩滅」「見舞い」「寝耳に水」。それに比べて新選組の素晴らしさはどうか。「しんせん」で清々しさを表し、「ぐみ」で力強さをアピール。完璧だ。

さて「豚丼」に関しては、まだそれを「ぶた」と呼ぶか「とん」と呼ぶか、世間的に定着していない段階だ（店によってまちまち）。

しかし、牛丼が戻って来るまでのピンチヒッターとして、彼にはぜひとも頑張ってもらいたいところ。今後も応援させてもらいます。ちなみに今日も食べました。

# 衝撃受けました。文楽初体験

文楽を観に行く。初めての経験だ。執筆の合間に、気分転換に行ってみようと妻に誘われたのだ（このところ僕が気分転換ばかりしているようにお思いになるかも知れませんが、ちゃんと仕事もしています）。

国立劇場の小劇場。ウイークデーの昼間だというのに満席だった。客層は、ゴージャスな着物姿のマダムを想像していたら、ロビーは普段着姿のおじさんおばさんで溢れていた。文楽を観ることが日常の一部になっている人たちだ。僕の知らないところで、それはきちんと文化として社会に根付いていた。家の近所の、いつも前を通るけど入ったことのない謎のスナックのドアをそっと開けてみたら、常連客が楽しげに語らっていた、そんな気分だ。

初の文楽観劇は、驚きの連続だった。文楽は人形劇なので、人形を操作する人と、台詞とナレーションを担当する人（太夫）の分業制になっている。

芝居が始まる直前、太夫さんが三味線の方と舞台の上手に現れた。この出方がまず凄い。完全

に意表を突かれた。壁がいきなりクルリと反転し、裏から正座したままの形で現れる。このスピード感が並じゃない。まさに一瞬。しかも出てくるのがご老人なので、唖然となる。こんなに速く出てくる意味がどこにあるんだろうと思うくらい速い。喉を潤すためのお湯だけが、後でそっと運ばれて来た。一緒に出てくると、遠心力で吹き飛ばされるからに違いないと思った。

　文楽では人形遣いの皆さんが客席から丸見えである。観るまでは話に集中できないのではないかと思っていた。しかしちゃんと手は打ってありました。人形遣いは、一幕は黒衣《くろご》のような覆面をしていて、顔を出すのは二幕から。その時は既に話は佳境に入っているので気にならないのだ。どんなにエキサイティングなシーンでも無表情で人形を操る皆さんを見ていると、なんだか彼らが守護霊のように思えてくる。ああ自分もひょっとしたらこういう人たちに操られているのかもしれないな、と不思議な感覚に陥った。

クライマックス。主人公たちの心中シーンを観ていて、文楽の魅力の一つが分かった気がした。「死」を描くと文楽は強い。だって本当に死んでしまうのだから。魂を抜かれた人形たちは、その瞬間から文字通り、動かなくなる。さっきまで生々しく動き回っていた彼らが、突如としてただの物体になる。

考えてみれば、映画でも芝居でもテレビドラマでも、人が死ぬシーンは、実は本当に死んでいないことを僕らは知っている。どんなに血がドバーッと出て、悲惨な最期を遂げたとしても、それが演技であり特殊効果であることを、僕らは分かって観ている。

ところが文楽は違う。人形たちから魂が抜けていく瞬間を、観客は目の当たりにするのだ。衝撃だった。命が失われる瞬間の、あの荘厳な雰囲気がそこにあった。

人形劇だから表現できることが少ないと思ってはいけません。人形でしか表現できないものって、確かにあるのです。

# ほめられると伸びるタイプ

「新選組!」が始まって三カ月。一緒に始まった他のドラマが次々と最終回を迎えている中、うちはようやくプロローグが終わったところだ。まだ全体の約四分の一。大河の大河たる所以である。

視聴率は、ここだけの話だが、やや下がり気味。どうも今まで大河を観続けていた年配の人には受け入れられなかったようです。

視聴率は正直、それほど気にならないが、注目度の高い大河ドラマだけに、数字が下がるといろいろ言われてしまう。あるタブロイド紙には「脚本家を降ろすしかない」と書かれた。この新聞、世の中のあらゆることに反発していて僕は結構ファンだったのだが、自分のことが書かれると腹が立つ。もう絶対買うもんかと誓ったが、前に叩かれた時も同じことを誓ったのを思い出した。

新選組を扱った作品を連載している著名な漫画家が、ホームページで僕のことを辛辣に批判している、とファンの方が手紙で教えてくれた。別に教えてくれなくてもいいのだが、知ったからには見ないわけにはいかない。早速インターネットで検索してみた。

それは僕が今まで読んだ、僕の作品に対するあらゆる批評の中で、もっとも厳しいものだった。

自分の作品と比べると「新選組!」は同人誌レベルだとバッサリ。めまいがした。お前は素人だと言われたようなものである。僕も脚本家としては中堅、この歳で素人扱いされることもあまりないので、ここは先輩のエールとしてありがたく受け取っておこうと、大人の判断が出来るまでに二時間掛かった。
否定的意見を読むと、同じ数だけ肯定的意見が読みたくなる。お汁粉を食べた後に、しょっぱいものが欲しくなるのと同じ理屈だ。
知り合いから送られてきた激励のファクスを読み返す。それだけでは足りなかった。新聞や雑誌に載ったお誉めの記事にもう一度目を通す。いい記事は全部取ってあった。だが既に何十回と読んでおり、今さら見返しても元気にはなれなかった。

昔から誉められると伸びるタイプなのだ。子供の頃から漫画や小説めいたものを書いていたが、母は常に絶賛してくれたものだ。今、この仕事をしているのはひとえに乗せ上手だった母のおかげだと思っている。

それだけに打たれ弱い。

コンビニに行って、あらゆる雑誌を片っ端からめくり、番組に対する応援記事を探す。なかなか見つからない。ようやく、月刊テレビ雑誌の山田太一さんのエッセーに、新しい大河ドラマを作ろうという意欲は素晴らしい、と書いてあったのを発見。これは励みになるぞと思ってよく読んだら、去年の「武蔵」のことだった。

肩を落として家に向かって歩いていると、信号待ちの車から、突然声を掛けられた。

「毎週観てますよ」

知らないお兄さんだった。

「永倉新八、面白いね。先長いけど頑張って下さい！」

去っていく車を眺めながら、心の中のもやもやしたものが、一瞬にして晴れるのを感じた。

そう、誉められると伸びるタイプなのです。

# 驚いています。連載が四年に

この連載も今回で二百回。まさか、こんなに続くとは思わなかった。しかもまだ続きそうだし。

僕は文章を書くのが苦手です。台詞を書くのと、エッセーは全く別物だ。脚本は、むしろ短歌や俳句に近い気がする。出来るだけ少ない言葉数で人物の感情を表現する。そういう仕事をしているので、普通の文章を書くのがとても苦痛なのだ。

エッセーの仕事は出来るだけ断ってきたつもりだったが、どういうわけかこの連載は引き受けてしまった。その辺の経緯は忘れた。たぶん半年くらいで終わるだろうと軽い気持ちでいたんですね。それが丸四年。分からないものだ。

例えばパイロットや弁護士やタクシーの運転手さんといった、なんとなくイメージはわくけど、自分とはかけ離れた世界で生きている人々が、普段どんなことを考え、どんな悩みを抱えているのか、僕はとても興味がある。

だから自分自身も、脚本家という職業を選んだ男が（たまに演出家であったり映画監督であっ

たりするけど）、普段どんな暮らしをして、どんな思いでホンを書き、どんな思いでオンエアを観ているのかを、この連載では包み隠さず皆さんにお伝えしようと思っている。だからずいぶん正直に書いているつもりだ。作品を批判された愚痴など書くなと、お叱りの手紙を頂くこともあるが、格好つけてもしょうがない。僕は脚本家の頭の中を知ってほしいだけなのだ。とはいえ、これがこの業界の人間の一般的な姿だと思われてもちょっと困る。同業者に友達がいないので分からないが、僕と同じ考えで、同じスタンスで生きている脚本家は、ひょっとして僕だけかもしれないので。

　連載を続けていて一番の楽しみは、和田誠さんがどんな絵を付けてくださるか。

　子供の頃から和田さんのファンで、よくイラストを模写していた。和田タッチでクラス全員の似顔絵を描いたこともあったし。

和田さんのエッセーに出て来る奥さんの平野レミさんがまた素敵で、和田さんの似顔絵でしかお顔は知らなかったが、横顔が凄くチャーミング。料理も上手で明るくて、こういう人と結婚したいと真剣に思ったものだ。

その和田さんに毎週、さし絵を描いてもらっている。こんな幸せはない。最近は、初めてお会いする人から、「さし絵と似てますね」と言われることがある。いいえ、絵が似てるんです。和田さんは僕を本物より小男に描くので、納得いかない時もあるが、たまに絵の中に僕が登場しない回があると、淋しい気持ちになる。

和田さんとは実は「飲み友達」でもある。時々、仕事の合間の気分転換にと誘ってくださるのだ。おかげで僕も少しずつ飲めるようになってきた。ビールは苦手だけどワインは大丈夫なことも判明した。あと紹興酒もＯＫでした。

そういえば最近、声を掛けてくれない。和田さん、僕が大河の執筆でそれどころじゃないと思ってらっしゃるのか。たまには息抜きもしたいので、近いうち、誘って下さい、と記念の二百回目を私信に使わせて頂きました。

〈特別大河対談〉

# 「新選組!」な二人

三谷幸喜×香取慎吾

## 香取慎吾は何者?

**三谷** この連載は四年目になるんだけど、自分の日常生活や仕事の話をテーマに、まあ、毎週とりとめもなく書いているわけです。香取さんはもちろん、一回も読んでないよね。

**香取** 読んでますよ、何言ってるんですか。自分が出て来るところだけですけど。僕のことをいっぱい書いてくれてますね。対談にも呼んでくれて嬉しいです。

**三谷** こういうのって苦手じゃないですか。

**香取** 僕、インタビューや対談って好きなんですよ。質問に答えているうちに、「実は自分ってこんなふうに思っているんだ」と気付くから。

**三谷** それはあるよね。僕も普段は自分の話をしない方だから、こういう場所でしか話さないことって多い。話しながら自分の考えとか生き方とか整理できたりするしね。香取さんは、こういう場ではわりと素直にしゃべる方なんですか。
**香取**　そうですね。八割ぐらいは。あとの二割は誰にも言わない。
**三谷**　ちなみに、今日はなんでその格好なの。
**香取**　いいじゃないですか。今日は近藤勇として三谷さんとお話ししたかったんですよ。

**三谷**　さっきまで収録だったからね。着替えるの面倒だったんでしょ。
**香取**　違いますよ。
**三谷**　今回の単行本は「HR」と「新選組！」の話がメインなので、香取さんとは主にその話をしたいんですけど、実は僕らは普段、あまり仕事以外の話はしないんだよね。だからこの際、聞いてみたいことがいろいろあるんですよ。まず将来の夢は？
**香取**　いきなりですね。将来

の夢か……。

**三谷**　じゃあ、それについてはおいおい。次の質問。香取さんは今、自分のことをどう思ってるの。

**香取**　なんですか、それは。

**三谷**　例えば、役者なのか、歌手なのか……。

**香取**　あ、それは、むしろ僕の方が今日、三谷さんに聞こうと思っていたことですよ。エッセイを読むと、僕のことをアイドルとか、コメディアンとか、役者とかって、いろいろ書いてくれてますけど、本当のところ、三谷さんは僕をどう思ってるんですか。大河ドラマの主役をアイドル香取慎吾がやるとも書いてあったし。

**三谷**　アイドルっていう言葉は、香取さんに対する世間的なイメージという意味で使ったんだけど、正直、僕には「アイドル香取慎吾」って感じはないです。僕は、役者である香取さんとしか仕事をしたことがないので、歌手とか、テレビタレントのイメージもない。やっぱり僕の中では「役者・香取慎吾」かな。コメディアンの時もあるけど、それも広い意味では役者だから。香取さんはアイドルと言われるのはどうなの？　照れくさくないの？

**香取**　全然嫌じゃないですよ。まったく気になりません。

**三谷**　前に「ＳＭＡＰ×ＳＭＡＰ」（スマスマ）で他のメンバーと一対一で語り合うコーナーがあったじゃないですか。

**香取**　たしかその時、僕は歌が一番好きだと言ってました。

**三谷**　あれ観てて、へえ、この人は本来はシンガーなんだって、ちょっとびっくりした。
**香取**　取材なんかで聞かれる時は、よく本業はSMAPですって答えてますね。
**三谷**　それはちょっと格好よすぎる気がする。
**香取**　SMAPっていろんなことにチャレンジしてきたじゃないですか。だからこれからも、そういうスタンスで行きたいなと思って、そういう意味で。最近はいろいろ考えるようにはなってきたけど、うーん。それでも自分が役者だとは思ってないですね。
**三谷**　そうなのかあ。でもそれは凄いことだよね。多分、大河ドラマ史上、自分を役者だと思っていない人が主役を演じたのは、香取さんが初めてだね。

**香取**　そこはとてつもなく申しわけないと思っています。
**三谷**　でも香取さんの良さは、そういうところだから。大河で近藤勇をシリアスに演じつつ、「スマスマ」で物凄くチープな衣装で、そこでも近藤をやったりするじゃないですか。普通ありえないもん。もう、いろんなことを笑い飛ばしている、自分自身を含めて。

**香取**　その感じはすごくあります。
**三谷**　そういうあり方は大事な気がする。もちろん怒る人も沢山いるとは思うけどね。僕が許す。
**香取**　今、考えていることがあって……大河ドラマの最終回の次の日に、「スマスマ」で「新選組！」のコントをやりたいんです。
**三谷**　もう絶対やるべきです。
**香取**　近藤勇の格好のままでスーパーで買い物したい。近藤勇として「いざ」とか言って、土方、沖田とスーパーに行く。買い物してお金を払うだけだけど、ちょっとお金が足りないことにして。横から沖田が差し出して、「うむ」とか頷いて受け取る。特にせりふはないんだけど、NHKの大河と同じくらいちゃんとした芝居をする。これやってもいいですか。
**三谷**　やって下さい。感動的な最終回の翌日にね。すごい苦情が来ると思うけど、絶対やってね。僕、ホン書きたいくらいですよ。

## 「新選組！」で役者の魅力を発見！

**三谷**　今回、大河ドラマの主役を引き受ける時は、どんな気持ちだったの。
**香取**　三谷さんの脚本だから引き受けたんです。三谷さんのことが好きだから。いろんな人にたくさん意見を言われました。僕の父の話はしたことがありましたか？
**三谷**　何か言われた？

**香取**　一番最初に「おまえ、何考えてるんだ！」と言われました。父は大河ドラマの大変さを知っていて、「一年も続くんだぞ。おまえにできるのか！」と反対されました。

**三谷**　その時は何と答えたの。

**香取**　「大変さは分からないけど、三谷さんがやってくれと言っているから」。父は「そういうことじゃないんだ」と。前にも話したと思うんですけど、僕は十歳からSMAPに入っているので、今まで一度も大河を観たことがない。だから本当に分からないんです。いろいろ考えたけど、やってみないと分からないし、三谷さんの夢をかなえてあげたいというのが大きいです。

**三谷**　それはねえ、前にも何かの雑誌で香取さんがそういう話をしているのを読んで、とても嬉しかったんだけど、理由がそれだけっていうのが、ちょっと複雑な気分。もちろん光栄なんだけど。なんていうか、お前の手料理はまずいけど、お前を愛しているから残さず食べるよ、って旦那さんに言われた奥さんみたいな気持ちがちょっとする。

**香取**　それは違うでしょう、全然。

**三谷**　今は撮影が始まって半年以上たち

ましたが、どんな感じ？

**香取**　自分の中で何かが変わりつつある。……今は引き受けて良かったと思うようになりました。なんといっても、三谷さんの脚本ができ上がってくるのを、最初に読むのが楽しみですね。あと、完成品を観るのも楽しい。一視聴者として、「新選組！」、最高に面白いですから。

**三谷**　オンエアはいつも観てるの？

**香取**　だいたい撮影が入ってますからね。その前に完パケのテープを貰って観ます。あと、やってて良かったと思う瞬間は……やっぱり現場で、スタッフさんたちと一緒に仕事をしていて、皆が僕の芝居を求めてくれているのを感じる時、力がわいてきますね。自分もこの人たちのために頑張ろうって。

**三谷**　ああ、それはね、分かる。僕もそう。自分に仕事をくれたプロデューサーに恩を返したいとか、僕のために集まってくれた俳優さんにいい脚本を書きたいとか、そういうのは大きいよね。

**香取**　僕も聞きたいことがあったんですけど、三谷さんは、僕を役者として、どう見ているんですか？

**三谷**　香取さんの良さはね、一言で言うと、芝居にうそがないこと。テクニックじゃなくて、気持ちで演じているから。せりふにしても、表情にしても、動作にしても、つくられた何かを感じない。だから近藤勇が本当にそこにいるような気がする。もちろんそれは、ほんとうの近藤勇じゃないんだけど、香取慎吾演じる近藤勇が、まさにそこに生きている。そういう俳優さんのために脚本を書くというのは、作家にとってはとても幸せなことです。
**香取**　それは嬉しいですね。
**三谷**　「新選組！」は脚本担当なので、僕自身は現場にはいられないじゃないですか、時々見には行くけど。だから、自分の書いたものを、僕の理想に近い形できちんと演じてくれる俳優さんに集まってもらいたかった。特に近藤は、絶対香取慎吾にやって欲しかった。香取さんが引き受けてくれなかったら、たぶん「新選組！」はなかったと思う。他の企画になっていた。
**香取**　そうなんだ。
**三谷**　あと、香取さんのいいところは、僕の脚本に対する理解度がとても高いということ。これは「HR」の時に感じたんだけど、全部説明しなくても僕がやってほしいことをきちんとやってくれるでしょ。ああ、この人は分かってるなあ、っていつも思う。たぶん感性が近いんだよね。
**香取**　それは僕も感じます。
**三谷**　近藤勇を半年以上演じてきて、何か思うことは？
**香取**　近藤の若い頃からずっと演じているじゃないですか。近藤の成長というか、変化をすごく感じますね。
**三谷**　それってワンクールのドラマでは、なかなかできないことだからね。
**香取**　周りの人に言われるようになりました、「最近すごくいいね、近藤の鬼の感じが出てるよ」って。自分で特別に何かを考えたわけではないし、今自分が演じている近藤は鬼だと強く意識しているわけではないけど、なんとなくそれは分かってきています。

**三谷**　確かに顔つきも変わってきたし。それは計算しているわけじゃないんだよね。

**香取**　今近藤が何歳だからこういう演技をする、というのではなく、自然に変わってきたって感じですね。だって僕、今、自分が何歳の近藤を演じているかなんて、考えたことがないですから。

**三谷**　香取さんはそれでいいと思う。ただ、これ読んだ一般の俳優さんは真似しないで下さいね。それは多分、「自分が役者だ」と思っていない「役者」の最高の強みなんだと思う。よく言うんだけど、土方役の山本耕史さんはまったく逆じゃないですか。彼は本当に緻密に研究し、勉強し、計算して演じている。それはそれで凄い。彼も、僕にとっては信頼できる俳優の一人です。だからね、香取「勇」と山本「歳三」の掛け合いを見ていると、すごく不思議なんだよね。この人たち、役の作り方が全然違うのに、結果的には同じ方向に向かっている。

**香取**　僕もよく山本くんとは話しますよ。収録現場で、演出に関して、ちょっと違うんじゃないかなと感じる時も、山本くんはすぐスタッフと議論するけど、僕は言わないことが多い。

**三谷**　そういう時、香取さんは、自分の中でどうやって解決してるの。

**香取**　僕は、監督が現場での最高指揮官だと思ってます、特に芝居のお仕事の時には。だから監督に身を任せます。

**三谷**　ああ、それはね、僕も演出の経験があるから分かるけど、作り手側としてはものすごいプレッシャーだね。結局、一番怖い役者なのかもしれない、香取慎吾は。

## 「HR」で悟ったこと

**三谷**　「HR」の話、しましょう。あれって香取さんの中では、どんな思い出になってるの。

**香取**　「HR」は、新宿でライブコントをやった時に、楽屋に三谷さんが訪ねてきて、そこで最初にシチュエーション・コメディーをやろうと言われて。……でも最初はどういうことをやるのか、よく分からなかった。

**三谷**　シットコムって日本では一般的じゃないからね。お客さんを前にしてドラマをやるっていうのが、そもそも珍しいし。おまけに「HR」の場合は、最初から最後まで一気に長回しで撮ることにしたから。今の日本のテレビドラマの撮り方としては、かなり特殊だった。

**香取**　やっているうちに、だんだん分かってきた。でも、今DVDで観て思うんですけど、よくこんなことできましたね（笑）。

**三谷**　僕もそう思った。DVD観ながら、これ作るの大変だったろうな、って他人事みたいに。

**香取**　やっていた最中には、そういう思いはあまりなかったですね。

**三谷**　あの集中力は何だったんだろう。なんか集団で熱病に罹ってたみたいな感じだね、今思うと。

**香取**　僕がいつも考えるのは、どんなに大変だろうと誰がなんと言おうと、撮影が始まる時は始まるし、時間が過ぎれば終わりがくる。

**三谷**　それは、悟りだね、ある種の。

**香取**　だからほかのことを考えないで、自分を追い込んでいます。

**三谷**　そうやって自分を追い詰めていって、最大限の力を発揮するんだよね、香取さんは。前巻の『怒涛の厄年』でも書いたけど、収録当日の集中力は、本当に凄かったもん。前日まで死んだようになっているのに。

**香取**　本番が勝負です。そこにかけます。だからどんなに時間がなくてもせりふは覚えます。本番ですべての力を出し切らなきゃいけない。

**三谷**　そう思うと、「ＨＲ」みたいな現場は向いていたんだね。香取さんのためにあったような企画だったのかもしれない。

## 空気が大事

**三谷**　面白いなと思うのは、ドラマでの香取さんは計算していないのに、バラエティの時は、一見素で演じているように見えるけれど、すごく計算している。空気を読むというか。

**香取**　それはあるかも。

**三谷**　そのくせ、時々、香取慎吾のマイナスイメージとなるようなことも平気で言ったりやったりするじゃないですか。テレビ観ていて思うことがある、ああまたあんなこと言っちゃった、とか。たぶん、自分がどう見られるかなんて関係ないんだよね、その時の空気が、どう面白い方に転がるかを、一番大事にしている感じがする、バラエティでは。

**香取**　さすがに、放送禁止用語は言わないようになりましたけど。観てくれる人の半分が笑ってくれるだろうと思えば、なんでもやります。

**三谷**　自分が前に出ない方がいいと思った時は、スッと引くしね。「スマスマ」のコントは、どれくらい自分の意見が入っているの？

**香取**　バラエティの時は、僕はすべてスタッフに任せます。衣装もメークも。でも、「スマスマ」のコントに関しては、結構つくる段階から演出家と話し合っているので、こだわりはありますね。

**三谷**　作り手側に回りたいという欲求はないんですか。例えば、「スマスマ」で草彅剛を使ってコントをつくりたいとか。

**香取**　その時は、草彅くんだけでなく自分も絡みたい。やっぱり僕のことを一番分かっているのは僕ですから、今は、自分に何をやらせたら、コントとして面白いか、そういうところで考えてます。

## 二人の将来の夢

**三谷**　それじゃもう一回聞くけど、将来の夢。

**香取**　夢……。

三谷　じゃあ、例えば、一年時間をあげるから、なんでもいいから一つの作品を作り上げなさいって言われたら、何をしたいですか？　どんなジャンルでもいいよ。
香取　何でもいいとしたら絵かな。でもな、忙しさの合間で描くっていうのが好きっていうのもあるから……。一年かけてなんてことになると、煮つまるかもしれない。
三谷　こういうのはどうですか。例えば一年かけて、もう一本大河やるのと、舞台でミュージカルやるのと、コンサートツアーで全国回るの、どれか選べって言われたら？　コンサートツアーはもちろんソロでね。
香取　大河はないですね。ていうか「新選組！」の思いが強いし。
三谷　ミュージカルは？
香取　ミュージカルはねえ。
三谷　僕が言うんだよ、ぜひ香取慎吾でミュージカルをやりたいんだって、それが僕の夢だったんだって。
香取　二割の本音で言えば……一年あるなら休みたい（笑）。
三谷　切実な感じがした、今、すごく。休むって言っても、具体的にどうやって休むの。
香取　海外に行きたい。歴史をじっくり感じたり、美術館にも行ってみたい。そういう環境の中で何かの影響を受けたい。小学生の時からＳＭＡＰで、これまで一、二週間は休んだことはあるけれど、一カ月まるまる何もない生活をしたことがないから、そんな休みを味わってみたらどうなるのかなという興味もあります。

三谷　役者としては、これからどうなんですか。
香取　大河をやって、演じることに関して、前より興味は出てきました。
三谷　今後、役者・香取慎吾として演じてみたい役は。
香取　ほんとうに悪い奴をやってみたいですね。近藤勇がいい奴だったから、次はそういうのを。
三谷　映画とドラマと舞台では？　香取さんの瞬発力というか、本番での集中力を見ていると、結構、舞台も向いているような気もするけど。
香取　舞台って、同じことを何回もやるわけじゃないですか。ドラマの本番一発！　みたいなとこが好きだから。映画は観るのも好きだし、興味はありますね。演技も本番一発なので自分に合うと思います。
三谷　確かに舞台は一カ月公演だと、本番三十発ってことだからね。
香取　僕にも質問させて下さいよ。三谷さんは、映画と舞台とテレビだと何が一番やりたいんですか。
三谷　今は映画かなあ。世界中の人を笑わせたいから。
香取　じゃあ将来の夢は？
三谷　それはもちろん、香取慎吾主演でミュージカルをやることかな。
香取　……。

（2004年6月7日／東京・渋谷のNHKスタジオにて）

撮影・馬場磨貴

## 付記

香取慎吾さんと、こんなに長時間話したのは、初めてでした。想像していた以上に、いろんなことを話してくれて、とても有意義な時間を過ごすことが出来ました。彼も対談終了後、「もっと話したいです」と言ってくれたので、きっと楽しかったんでしょう。

どっちかというと僕が聞き手にまわったので、僕の本のおまけというよりは、香取さんの本の巻末に載せたほうがいいような中身になっちゃった。ゲラを読み返しながら（これどうしようかな、載せるのやめようか）とも思ったんですが、天才香取慎吾の素顔を知る上で、とても興味深い内容だし、やっぱり載せることにしました。彼がこの数年、僕にとってもっとも信頼のおける「同志」であることには間違いはないわけだし。

香取さんは対談が終わったあと、帰り際に、「今度は取材のテープが回っていないところで、残りの二割についてお話ししますね」と言ってました。とても楽しみです。

# あとがき

「先生」と呼ばれるのが苦手だ。

そう言われるのが嫌で、今まで出来るだけ拒絶して生きてきた。

四十歳をとうに過ぎて、僕も脚本家としては若手とはとても言えなくなった。最近では現場スタッフも僕より年下の人たちが増えている。どんどん「先生」の領域に入ってきている。ここが踏ん張り時だ。

もっとも僕のことを「先生」と呼ぶのは、年配の人たちに多い。特に社会的地位の高い皆さん。だからそういう人たちの前ではなるべく威厳のないように振る舞うようにして、僕を「先生」と呼んだことを後悔させるよう、心がけてはいる。

なぜ「先生」が苦手なのだろう。偉そうな感じが窮屈なのかもしれない。別に偉いとも思わないし。

そもそも、この連載を読めば一目瞭然だと思うが、僕に「先生」は似合わない。先生というものは、もっと威厳があって、自信があって、トイレのタンクを直そうとして手が青く染まってしまい、そのまま取材を受けたりしないものだ（と思う）。

つまり僕はとても「先生」に値しない人間であり、そしてここが大事なことだが、僕はそれを一つの誇りに感じている。

じゃあ何と呼ばれるのがいいんだろう。

スタッフや俳優さんのほとんどは、「さん」付けで呼んでくれるが、本当はこれも好きではない。さすがに呼び捨ては抵抗があるが、一番僕が自分にフィットする呼び方は「くん」だろうか。この同等ないしは、二ミリほど見下された感じが、僕にはやっぱり心地良い。

昔は皆、「三谷君」だった。もう呼んでくれないのだろうか。仕事で会う人で、今も僕を「君」呼ばわりしてくれるのは、佐藤B作さんと明石家さんまさんくらいだ。かつてはお互いに呼び捨てだった劇団時代の仲間でさえ、時々僕を「さん」付けで呼ぶことがあって、その度に、薄気味悪さを感じてしまう。


単行本もこれで三冊目となりました。

連載が始まった時、担当編集者の山口さんにこう言ったのを覚えている。

社会の動きに疎い自分には時事ネタはとても無理だし、僕自身が人間として未完成な部分が多いので、人を啓蒙するような文章はとても書けない。映画にしろ舞台にしろ人の作品を批評するのも苦手だから、たぶん身辺雑記のようなものしか書けませんよ、と。

改めて読み返してみると、やはりこれは身辺雑記以外の何物でもないです、申し訳ないくらいに。

人生訓もなければ、切れ味鋭い社会時評もない。三冊目にして初めて、政治ネタらしきものが現れたが（一三七ページ参照）、これが限界だった。とにかくポリシーはただ一つ。偉そうなことは書かない。

毎週毎週、その時自分が関心を持っていることについての話なので、長期的展望みたいなものは一切ない。結果、単行本の一冊目は当時飼い始めたラブラドールレトリーバーのとびの話が中心となった。二冊目のテーマは、厄年を迎えた僕の波乱の一年について。とはいえ、それはあくまでも結果。最初からその線で行こうと思ったわけではない。

三冊目は、仕事の話が中心となった。シチュエーション・コメディー「ＨＲ」から始まって、ミュージカル「オケピ！」の再演、そして大河ドラマ「新選組！」。

自分の傾向として、物を作っている時はかなり前向きで、自信に溢れているのだが、一度作品が人様の目に触れた瞬間から、いきなり元気がなくなり、自信喪失状態に陥る。その繰り返しだ。

ニール・サイモンの自伝を読んでいたら、戯曲を書いている間は（今回は傑作になったぞ）と自信満々なのに、役者の読み合わせが始まった瞬間に、作品のアラが見えてきて、（なんて酷いものを書いてしまったんだ）と激しく落ち込む、とあった。あのニールだってそうなんだ、と思うとちょっと嬉しくなった。

彼も「サイモン先生」って呼ばれるのを嫌がっているると思うよ。

●テレビドラマ「ＨＲ」
フジテレビ制作
平成十四年十月九日〜十五年三月二十六日
出演／香取慎吾、今井朋彦、小野武彦、國村隼、酒井美紀、白井晃、篠原涼子、戸田恵子、中村獅童ほか

●ミュージカル「オケピ！」
パルコ・プロデュース
平成十五年三月十一日〜五月三十日
青山劇場（東京）、愛知厚生年金会館、フェスティバルホール（大阪）
作曲・編曲・指揮／服部隆之
出演／白井晃、天海祐希、戸田恵子、布施明ほか

●舞台「その場しのぎの男たち」
東京ヴォードヴィルショー制作
平成十五年十月十一日〜平成十六年三月十四日
本多劇場（東京・下北沢）、ウェルシティ大阪厚生年金会館、愛知厚生年金会館ほか

演出／山田和也
出演／佐渡稔、坂本あきら、石井愃一、佐藤B作、あめくみちこほか
●テレビドラマ「川、いつか海へ」
NHK制作
平成十五年十二月二十一日～二十六日
脚本／倉本聰、三谷幸喜、野沢尚
出演／深津絵里、ユースケ・サンタマリア、浅丘ルリ子、森本レオ、渡辺謙、小林聡美、西田敏行、江守徹、柳葉敏郎、小泉今日子ほか
●テレビドラマ「古畑任三郎　すべて閣下の仕業」
フジテレビ制作
平成十六年一月三日
出演／田村正和、松本幸四郎、及川光博、津川雅彦、八嶋智人ほか
●テレビドラマ「新選組！」
NHK制作
平成十六年一月十一日～十二月十二日（予定）
出演／香取慎吾、藤原竜也、山本耕史、佐藤浩市、江口洋介、優香、田畑智子、沢口靖子、石黒賢、石坂浩二ほか

**初出**・朝日新聞二〇〇三年一月八日〜二〇〇四年三月二十四日

装丁・挿画　和田誠

**三谷幸喜**（みたに・こうき）
一九六一年生まれ。脚本家。主な舞台作品に「12人の優しい日本人」「彦馬がゆく」「笑の大学」「オケピ！」等。テレビ作品に「古畑任三郎」「王様のレストラン」「合い言葉は勇気」「ＨＲ」「新選組！」等。映画監督作品に「ラヂオの時間」「みんなのいえ」。主な著作に『オンリー・ミー』『気まずい二人』『三谷幸喜のありふれた生活』『三谷幸喜のありふれた生活2　怒涛の厄年』、和田誠との共著『それはまた別の話』『これもまた別の話』がある。

三谷幸喜《みたにこうき》のありふれた生活《せいかつ》3
大河《たいが》な日日《ひび》

二〇〇四年七月三〇日　第一刷発行

著　者　三谷幸喜《みたにこうき》
発行者　花井正和
発行所　朝日新聞社
編集・文芸編集部　販売・出版販売部
〒一〇四―八〇一一　東京都中央区築地五―三―二
電話・〇三―三五四五―〇一三一（代表）
振替　〇〇一九〇―〇―一五五四一四
印刷所　図書印刷

ISBN4-02-257930-7
定価はカバーに表示してあります